诗在远方

赵相闻 著

远方出版社

图书在版编目（CIP）数据

诗在远方 / 赵相闻著. -- 呼和浩特 ： 远方出版社，2023.3

ISBN 978-7-5555-1767-2

Ⅰ. ①诗… Ⅱ. ①赵… Ⅲ. ①诗集－中国－当代 Ⅳ. ① I227

中国版本图书馆 CIP 数据核字（2023）第 018500 号

诗在远方

SHI ZAI YUANFANG

著　　者	赵相闻
责任编辑	蔺　洁
封面设计	李鸣真
版式设计	韩　芳
出版发行	远方出版社
社　　址	呼和浩特市乌兰察布东路 666 号　邮编 010010
电　　话	（0471）2236473 总编室　2236460 发行部
经　　销	新华书店
印　　刷	内蒙古爱信达教育印务有限责任公司
开　　本	787 毫米 ×1092 毫米　1/32
字　　数	210 千
印　　张	10
版　　次	2023 年 3 月第 1 版
印　　次	2023 年 3 月第 1 次印刷
标准书号	ISBN 978-7-5555-1767-2
定　　价	49.80 元

微信扫码

听作者为你读诗
阅读书籍电子版

诗歌朗诵视频

看作者朗诵视频，“声临其境”感受诗歌之美。

诗歌朗诵音频

听作者为你读诗，让声音撩动你的心弦。

电子书

随时随地阅读本书电子版，领略诗歌魅力。

摄影作品欣赏

诗歌与摄影的碰撞，带你品味光影中诗意。

序

本是山里娃，
向往绿军装。
苦练本领献青春，
为国守边疆。

本是半书生，
喜作抒情诗。
半文半武赋诗词，
坐井观天痴。

酒逢知己饮不醉，
诗向会人吟无眠。
情系笔尖半座书，
续写人生抒诗篇。

※ 特别说明：

本诗集收录了作者近几年创作的一些作品，拾零杂陈，有些诗句引经据典，有些无处查证之句则直接编录引用，在此一并致谢。望海涵！

引　子

人生之路，
有顺境，
也有逆境。
人生之路，
有坦途，
也有坎坷。
不论是顺境；
还是逆境，
不管是坦途，
还是坎坷，
路，
永远都在，
自己脚下。
我的心，
在远方；
我的诗梦，

也在远方。
风雨中，
阳光里；
泪水洒，
欢乐时。
都已化作，
诗的赞歌，
融入我，
诗的海洋。
越过了，
千山和万水。
走过了，
曲折的人生。
是诗歌，
让我喜不自胜；
是诗歌，
让我如痴如醉。

以诗言志，
以诗诉情。
以诗赞美，
以诗歌颂。

我要用诗歌，
写就这春夏秋冬。
我要用诗歌，
描绘这多彩人生。
路在脚下，
诗在远方。

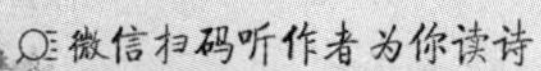

☆诗歌朗诵视频
☆诗歌朗诵音频
☆电　子　书
☆摄影作品欣赏

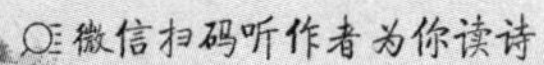

☆诗歌朗诵视频
☆诗歌朗诵音频
☆电　子　书
☆摄影作品欣赏

目 录

contents

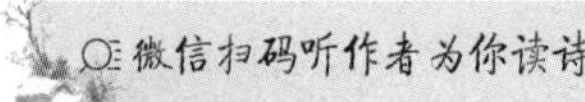

☆诗歌朗诵视频
☆诗歌朗诵音频
☆电　子　书
☆摄影作品欣赏

上篇　青春奉献志

生命赞歌

睹物思情

中篇　家乡情志美

情系故乡

诗情言志

下篇 心语自然月

春秋月夜

人生启迪

微信扫码听作者为你读诗

☆诗歌朗诵视频
☆诗歌朗诵音频
☆电　子　书
☆摄影作品欣赏

上篇

青春奉献志

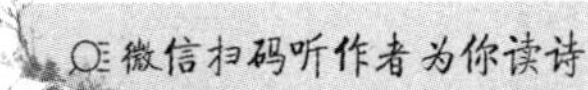

☆诗歌朗诵视频
☆诗歌朗诵音频
☆电　子　书
☆摄影作品欣赏

献给你，祖国母亲

采一缕春光，
给您送去温柔的春风，
吹开您美丽的容颜。

借一抹骄阳，
给您送去火热的夏日，
燃起您激情的荣光。

揽一怀清风，
给您送去淡淡的秋云，
勾起您思儿的神情。

捧一片雪花，

给您送去洁白的哈达，
献给您美好的祝福。

七十年风风雨雨，
七十载春夏秋冬。
您将永远——
与春风做伴！
与夏日同行！
与秋云携手！
与冬雪共舞！
并将带领儿女们，
继续携手并肩，
砥砺前行！

2019 年 9 月 29 日

向日葵之恋

——各族儿女心向党

入目无他物，
满眼皆是你。
有你时，
你就是太阳，
我昂起头，
目不转睛跟随你。

你离开，
便是黑夜，
我垂下头，
什么也看不见，
只有默默地，
面朝大地……

大地，
孕育着我；
雨水，
滋润着我；
阳光，
哺育着我。
伴着和煦的春风，
一棵嫩芽，
破土而出，
一棵又一棵，
一行又一行，
一片又一片……

辛勤的汗水，
把我们浇灌，
寄望于耕耘者的期盼。

绿叶随风舞，
头顶花蕊现，
黄花一束绽放，
恰似婴儿笑脸。
蜜蜂环顾，

彩蝶飞舞。
仰望茫茫苍野，
在寻觅……
黑夜雷鸣电闪，
在呐喊……
东方吐白，
黎明前的曙光，
冲破了黑暗，
一轮红日，
喷薄欲出，
扶过天际，
初升冉冉……
啊！
这是我心中的向往，
这是我终生的期盼。
每当，
黎明到来的时刻，
总会，
微笑着，
拥迎您，
自信的笑脸。
愿，

随您的脚步，
尽享您的温暖。
并在您，
伟大光辉的哺育下，
发芽，
生根，
开花，
把果实奉献。

曾亭亭玉立的我，
日渐成熟，
那丰满的果实，
令我把高昂的头，
垂于胸前。
并脱下了金黄色的外衣，
慢慢披上了，
丰收的盛装。
虽然，
身边少有了，
热闹与喧嚣，
拍照和留念。
然而，

此时此刻，
我已，
日渐成熟，
且迎来了，
收获者的笑脸。

晚霞，
如一条红丝带，
飘浮于天边，
如血的残阳，
似先烈，
前赴后继的血染。
我要把果实，
向大地母亲奉献。
以慰藉您，
对逝去儿女的思念。

终其一生，
根植于大地，
生生世世，
向往头顶蓝天。
迎朝霞，

望中天，
送日落，
再相见。
赤子之心，
初心不变。
深情地，
回眸您的笑颜。
拳拳之举，
方得始终，
痴情地，
把您依恋……

入耳无他曲，
寰宇皆歌赞。
因为，
有你在……

2019年6月30日

边关风雪情

我——
喜欢听
军帐外
落雪时的
“沙沙”
声……

我——
愿意听
出操时
踏雪时的
“嘎嘎”
声……

呼着

白雾一般的
哈气
喊着
铿锵有力的
口号
“一二一
一二一
一、二、三、四
一二三四……”

我——
多么怀念
乌珠穆沁草原那
“嗷嗷”怒吼的
白毛风……
雪地里
自然路上
骑马、徒步巡逻
或驾车飞奔
或车子扭秧歌似的
在冰辙上
艰难地前行！

我——
更加留恋
国境线上巡逻时
“哗哗”作响的
军旗……
平原上
山冈之巅
界碑矗立
或瞩目远眺
或激动兴奋地
与之
自豪地合影！

风雪
虽吹黑了新兵
稚嫩的容颜
但增进了
战友的情谊
生死共患难！

军旗

既映红了
战士们
坚毅的脸庞
也映照出
军人的豪迈
忠诚与担当!

轻柔的
“沙沙”声
是我对
战友们的
祝福
更是对军营的
无限留恋
它伴随
我和我们
快乐的军旅
进步与成长!

清脆的
“嘎嘎”声
是我对

首长们的
致敬
更是对军旅的
坚定向往
它铸就
我和我们
军人的魂魄
意志与坚强！

风再狂
吹走的
只是我们的
青春与岁月
但是
永远吹不散我们
爬冰卧雪
生死与共的
战友情！

军旗红
留下了
我们的

血汗与奉献。

但愿
永远地留住你我
手握钢枪
伫立哨所
向往军营的
边关情!

2020 年 5 月 13 日

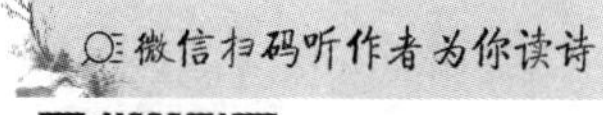

☆诗歌朗诵视频
☆诗歌朗诵音频
☆电　子　书
☆摄影作品欣赏

老兵集结号

青春年少正当年，五湖四海共戍边。
军旅生涯结深情，挥手泪别告边关。

歌词优美赞边防，曲调动听唱心间。
华丽诗词写辉煌，战友情谊谱新篇。

边关卧雪泥里爬，部队练就一身胆。
经商务农新岗位，军人素质人夸赞。

巡逻线上留英姿，训练场上流血汗。
不负当初年华少，为国奉献好青年。

相逢举杯畅情饮，激情豪迈军歌喊。
战友一生亲兄弟，生死一世情不变。

老兵集结号若响，招之即来且能战。
晓镜虽愁云鬓改，时刻听令党召唤。

2020 年 5 月 20 日

向 往

军营，军装，
多么令人向往。
军旗，军号，
多么鲜红嘹亮。

时光，岁月，
你好令人忧伤。
战友，兄弟，
你好让人念想。

如今的我，
如今的你，
完成了使命，
脱下绿军装。

战友一段情，
终生永难忘。
不是亲兄弟，
危险挺胸挡。

不管你年迈，
是不是爽朗。
在我的心中，
永远似兄长。

不管你在哪，
不管我过往。
巍巍的军营，
终生都向往。

2020 年 5 月 29 日

边疆汽车兵

边防线上汽车兵，寒来暑往草原行。
雷雨风暴天地吼，怎及唤我战友声？

一别数载各西东，排长召唤归群营。
即使脱下军装绿，忠心永映红五星。

2020 年 6 月

我是一个钉

队列——
纵看一个钉，
横看一排钉。
跨步斜看线一条，
钉线连成边防线。

方队——
纵看一排面，
横看一排面。
跨步斜看似城墙，
铜墙铁壁坚如磐。

儿女——
你是花木兰，
我是好儿男。

祖国儿女多壮志，
赤胆忠心青春献。

昼夜——
白天巡界碑，
夜岗不怕黑。
星星月亮常相望，
我为祖国守边关。

你我——
你是一个钉，
我是一个钉。
牵手相拥从军路，
战友情恩似海天。

我俩——
你俩一段线，
我俩一段线。
线线相连固边防，
岁岁接续谱华篇。

新旧——

新钉替老钉，
新线续旧线。
当兵一生终不悔，
铸就辉煌把家还。

我们——
谁说好铁不打钉？
有志青年要当兵。
好铁好钢筑国防，
强军之梦定实现。

2020 年 6 月 7 日

远方的思念

——赞第二故乡乌里雅斯太

乌里雅斯太边城，改革开放快步行。
塞北草原夜明珠，国境线上驻雄兵。

小城脚下牛羊壮，草原牧民享太平。
第二故乡梦萦绕，何时相拥叙旧情？

2020 年 6 月 10 日

颂战友

悠悠乐来乐悠悠，天南地北话旅游。
祖国河山尽游览，诗赞美景不胜收。

军地两用育英才，琴棋书画词曲优。
青春留在国防线，无怨无悔写春秋。

2020 年 6 月 26 日

最美戍边人

此曲不只天上有，
人间处处皆得闻。
画中美景映军姿，
山川妙手戍边人。

2020 年 6 月 30 日

强军之路

革命武装第一枪，起义之声响南昌。
炮声隆隆传马列，工农联合建武装。

九十三载辉煌路，缔造雄师驱列强。
红船起锚浪涛涌，烽火硝烟来护航。

枪杆里面出政权，听党指挥打胜仗。
民族危亡受屈辱，抗战大局胸怀广。

宜将胜勇追穷寇，人民意志胸中装。
保家卫国胜强敌，威武雄师名远扬。

强军路上创奇迹，军事改革大文章。
民族复兴责任重，初心使命永不忘。

强国必先强其军，祖国和平有保障。
铜墙铁壁攻不破，铁血勇士敢担当。

为你牺牲唱赞歌，为你奉献谱华章。
为你生日来祝福，为你强大续辉煌。

人民军队爱人民，永葆本色心向党。
举旗铸魂强军梦，陆海空天守边疆。

2020 年 8 月 1 日

激情十月

十月的风儿是温柔的，
十月的阳光是温暖的；
十月的风吹扬着欢笑，
十月的光照耀着喜庆；
十月的回忆是激昂的，
十月的色彩是鲜红的；
十月的天空是湛蓝的，
十月的大地是斑斓的；
十月的山河壮美如画，
十月的祖国分外年轻。
十月是您的骄傲，
十月是您的新生。
七十二载风雨兼程，
七十二年繁荣昌盛。
今天，是您的生日，

我要，

为您歌唱！

为您欢呼！

为您点赞！

为您庆生！

2021年10月1日

微信扫码听作者为你读诗

☆诗歌朗诵视频

☆诗歌朗诵音频

☆电　子　书

☆摄影作品欣赏

群山之恋

你在西边，
我在东边。
你俯视沙海，
我望天涯远。
我唱日出东方红，
你颂日落彩霞艳。
情真也相依，
意切也眷恋。

你住南面，
我住北面。
你拥雨林暖，
我迎风雪寒。
我吟月缺罩浮云，
你咏月圆照山川。

春风也期许，
秋风也祈盼。

虎踞龙盘又一岳，
功夫少林美名传。
东南西北众兄弟，
春夏秋冬展新颜。
脱贫致富，
全面动员。
只争朝夕奔小康，
接续百年启航帆。

拳拳之心报与谁，
眷眷之情绘彩卷。
你我脚下绿水绕，
潺潺流淌日夜欢。
我成金山，
你变银山。
你摘掉了贫困帽，
我脱下了落后衫。

不管是江河湖海，

还是断崖高山巅。
无论是戈壁沙漠，
还是雪域藏高原。
七横五纵连你我，
高架路桥系腰间。
隧道贯通机械化，
背负环绕九九盘。

千年你我望星辰，
如今我们脉相连。
是谁令你变坦途，
是谁把我变青山。
是谁让你醉游人，
是谁使我美名传。
改革开放送春风，
时代把我来召唤。

你我再约望星空，
天宫基站最耀眼。
北斗组网定位准，
你我位置不走偏。
为了实现中国梦，

各行各业勇登攀。
初心永不忘，
使命担在肩。

你我牵手握更紧，
祖国美景揽胸前。
山清水秀美如画，
你我争先续新篇。
景致醉了天下人，
东西南北棋一盘。
民安情相随，
国泰群山恋。

2021 年 11 月 28 日

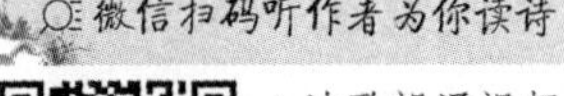

☆诗歌朗诵视频
☆诗歌朗诵音频
☆电子书
☆摄影作品欣赏

守护

苍穹，
有繁星守护；
蓝天，
有白云守护；
大地，
有江河守护；
界碑，
有军人守护。

小草，
有春风守护；
鲜花，
有园丁守护；
孩子，
有祖国守护；

家庭
有夫妻守护。

江山，
有人民守护；
百姓，
有党的守护。

生命，
用牺牲守护；
胜利，
用生命守护；
国家，
用实力守护；
世界，
用和平守护。

这守护，
来自浩瀚的宇宙；
这守护，
来自人性的光辉；
这守护，

来自责任与担当；
这守护，
来自祖国的强大。

这守护，
从野蛮到文明；
这守护，
从贫弱到富强；
这守护，
从战争到和平；
这守护，
从落后到崛起。

忘不了那，
百年的屈辱；
忘不掉这，
百年的抗争。
忘不了那，
百年的梦想；
忘不掉这，
百年的征程。

不忘来路，
要守护。
不忘初心，
要守护。
不忘流血，
要守护。
不忘奋斗，
要守护。

为了孩子，
要守护。
为了祖国，
要守护。
为了和平，
要守护。
为了未来，
要守护。

守护胜利的成果，
开创美好的未来。

2022 年 2 月 1 日

蝶恋花·激情奥运

圣火点燃奥运情。五洲健儿，齐聚双奥城。
赛道猛虎飞燕轻。冰上起舞弄清影。
国旗飘扬胸膛挺。国歌嘹亮，九霄也沸腾。
四银两铜创佳绩。摘下九金九州庆。

2022 年 2 月 20 日

蝶恋花·奥运咏柳

折柳寄情情无声。咏柳抒情，谁知情更盛。
枝枝相送千万条。叶叶寄语双奥城。
借柳传情情有声。吟柳畅情，怎奈情愈盛。
墩墩情寄千万里。容融情浓托春风。

2022 年 2 月 20 日

温 暖

主席新年赴边关，风尘仆仆奔乡间。
贴心慰问送上门，党的关怀暖心坎。
脱贫成果要巩固，青山绿水空气鲜。
百姓日子红似火，千年伟业勇登攀。
初心不忘责任重，民族复兴担在肩。
革命先辈宏图业，英烈欣慰笑九泉。
中华儿女齐奋进，不畏道路多艰险。
看我泱泱大中华，百年梦想终实现。

2022 年 4 月 22 日

启 航

——喜迎党的二十大

从红船起锚的那一桨起，
就注定了您，
要劈波斩浪，
勇往直前，
出征远航。

从您呱呱坠地那一刻起，
就注定了您，
要忍辱负重，
不怕牺牲，
意志如钢。

在民族危亡的关键时刻，
您苦苦寻觅，

真理的灯塔，
救民水火，
立志图强。

在国将不国的危难时刻，
您孜孜以求，
救亡的道路，
励精图治，
建业立党。

一大的召开，
曲折并艰险，
宣告了，
中国共产党正式成立。
她就像一轮红日，
从东方冉冉升起，
照亮了中国革命，
奋斗的征程，
前进的方向。

内忧和外患，
使这壮美的河山支离破碎，

一个积贫积弱的中国，
一个内受反动统治压迫，
外受侵略和凌辱的国家，
在低吟，在流血，
在觉醒，在呐喊……
“起来！不愿做奴隶的人们！
把我们的血肉，
筑成我们新的长城！
中华民族到了最危险的时候，
每个人被迫着发出最后的吼声。
起来！起来！起来！
我们万众一心，
冒着敌人的炮火，前进！
冒着敌人的炮火，前进！
前进！前进！进！”
这铿锵有力的呐喊声，
唤起了人们觉醒，
激起了民族斗志。
血的教训告诫我们，
枪杆子里面出政权。
反围剿的失败告诉我们，
只有听党指挥才能打胜仗。

历经二十八年，
艰苦卓绝的奋斗，
您终于，
战胜了敌人，
驱走了列强。
无数革命先烈，
用鲜血和生命，
换来了，
中华人民共和国的诞生。
五十四门礼炮齐发，
二十八声惊天巨响，
这巨响，
是东方雄狮的怒吼，
这巨响，
向全世界庄严宣告：
中国人民，
从此站立起来了！
中华人民共和国，
从此成立了。

喜看红旗漫卷，

英烈含笑九泉。
手握诗书一卷，
信步走出韶山。
挥手指点江山，
谈笑一瞬间。
从全民皆兵揭竿起，
到十四年浴血胜抗战，
从民意所愿心向往，
到百姓推车胜三战，
从全国送子踊参军，
到保家卫国胜强敌。
打出了军威，
树起了国威，
打出了一片新天地，
开创了和平新局面。

进京赶考的路上，
昭告全党，
要做人民的公务员，
全心全意为人民服务，
这是你的宗旨，
更是你的向往。

一切为了人民，
人民就是江山。

一代又一代，
中国共产党人，
大浪淘沙，
图志绘卷。
正风肃纪，
反腐倡廉。
脱贫攻坚，
全党动员。
治水治污，
绿水青山。
环境保护，
尘少天蓝。
令中华儿女，
幸福笑开颜。
让民族复兴，
重任担在肩。

百年华诞刚过，
我们即将迎来，

二十大胜利召开。
第二个百年，
进军号角，
已经吹响。
让我们，
团结一心，
自信满满。
两个维护，
坚定不变。
初心不忘。
意志更坚。
践行使命，
团结向前。

我们要，
不忘来路，
不辱使命。
不忘流血，
不忘奋斗。
为了民族，
为了祖国。
为了和平，

为了未来。

我们要，
守护好，
今天的胜利成果，
开创美好的未来。

七一建党超百年，
民族复兴续新篇。
不忘初心迎盛会，
团结一心筑梦圆。

2022 年 5 月 10 日

军之魂

八一军旗猎猎红，军营子弟代代勇。
军歌嘹亮增斗志，军号响起热血涌。

训练场上肯吃苦，军事理论要学通。
流血流汗不流泪，战友情谊似血浓。

父母教诲耳边响，听党指挥记心中。
保家卫国好儿女，祖国永远装在胸。

冲锋陷阵猛如虎，生死关头且与共。
一生从军荣光在，一世情缘志相同。

天涯海角铸军魂，固守边疆站如松。
风霜雨雪不惧险，翻山跨海迎彩虹。

蛟龙航母蓄待发，鹰击万里搏长空。
百万雄师枕戈待，星斗千眼游太空。

勇战敢战不惧战，战则必胜立军功。
备战练兵为打仗，居安思危莫忘痛。

九十五载辉煌路，此生有幸入列从。
科技强军保和平，谁敢犯我东方龙。

2022 年 7 月 22 日

战马骑兵

战马，骑兵，
马蹄声声，
战刀挥闪，
劈杀斩刺，
策马前行。

战马，骑兵
马跃嘶鸣，
骑乘射击，
枪响靶落，
越障奔腾。

你们曾是，
威武的军战马，
我们曾是，

草原的铁骑兵。

你是我们无言的战友，
和战士一起训练野营，
多少个日夜，
我们亲密相处。
喂草，添料，
饮水，刷毛。
增进互信，
情如兄弟，
致死护主，
永远忠诚。
列队，转向，
开步，立定。
敌情，隐蔽，
卧倒，听令。
号声吹响，
勇猛，跃起，
前进，冲锋。
不怕枪林弹雨，
不惧炮火纵横。
前面的倒下了，

后面的更勇猛。
即使粉身碎骨，
也要和战士们一起，
让胜利的旗帜，
飘扬在阵地的上空。

此时此刻，
你才会停下
前进的步伐，
急促地喘息着，
急切地啃食着，
阵地的青草，
以补充体能，
恢复战力，
等待命令。
抑或是，
默默地注视着，
战士们雀跃欢庆；
静静地眺望着，
冲锋陷阵的路径。

马儿，

都说你是通人性的，
都说你是最忠诚的。
是的，
战火中的洗礼，
冲锋时的表现，
足以证明，
你就是我们，
生死与共的兄弟。
你和战士们一样，
都是我们，
勇往直前的战友；
更是我们，
无畏无惧的战英。
致敬！战马！骑兵！
敬礼！战友！骑兵！

2022 年 7 月 30 日

中秋月夜忆双亲

往事依稀在眼前，七八儿女绕身边。
佳肴美酒荷塘月，其乐融融合家欢。

今朝又邀明月下，兄弟姊妹共团圆。
双亲笑迎儿孙聚，泪湿枕巾是梦幻。

2001 年 10 月 1 日

清明哀思

又是一年清明时，
春雨纷纷行人痴。
千盏心灯照天路，
一捧菊花寄哀思。

2015 年 4 月 5 日

没了母亲的母亲节

天之大，
没有母亲的恩情大；
地之广，
没有母亲的恩情广。

失去了爹娘的孩子，
就像断了线的风筝，
没有了呵护，
没有了牵挂。
没有了疼爱，
也没有了家。

从此，
再也没人叫我乳名，
再也没人喊儿回家。

今天，
是您的节日，
儿要把最美好的祝愿，
送给天上的母亲，
献上一束，
最美丽的鲜花。

并深情地道一声：
娘亲，
节日快乐！
儿，
又想您了！

2019 年 5 月 13 日

忆爹娘

人生匆匆忙，岁月悠悠长。
五十八春秋，星河一瞬光。

山里小村庄，婴儿降土炕。
十月怀儿苦，今日有儿郎。

生儿娘受苦，养儿爹惆怅。
跌撞学走路，笑容挂脸上。

目睹儿渐长，送儿入学堂。
吃穿笔墨愁，育儿苦思量。

少年无知狂，叛逆常顶撞。
拧打在儿身，疼在娘心上。

教儿当自立，长大有担当。
句句记心里，时时耳边响。

父恩如高山，母爱像海洋。
日日思母恩，常常忆爹娘。

父母生吾身，没齿永不忘。
今生恩难报，来世再守望。

2019 年 12 月 3 日

☆诗歌朗诵视频
☆诗歌朗诵音频
☆电　子　书
☆摄影作品欣赏

清明祭

清明时节出家园，一束菊花捧胸前。
遥望青山依旧在，故人一去不复返。

徐徐春风吹柳绿，朵朵白云似睡莲。
青山不老年年祭，怎了心中岁岁念。

2020 年 4 月 4 日

春风里的思念

桃花盛开又一春，草长莺飞思故人。
儿孙进山拜先祖，后辈碑前祭英魂。

千里难成游子愿，只书文字托白云。
朵朵菊花寄哀思，代代新人续乾坤。

2021 年清明

星陨落

——悼念袁隆平、吴孟超、杨伯达、夏德昭

青山诉说，江河泪扩。
国之栋梁，巨星陨落。
一粒种子，仓满安国。
肝胆相照，济世华佗。
识文保物，功高利多。
重见光明，灯塔一座。

2021 年 5 月 23 日

秋 祭

秋高气爽渐凉，
鸿雁南下成行。
中元文书词一卷，
祭奠天堂爹和娘。
梦醒时，思绪伤，
菊花一束奉献上。

黑夜悠悠漫长，
怀念之情时常。
七月十五诗一首，
何以了却思忧伤？
梦境里，人欢畅，
醒又空空泪两行。

2021 年 8 月 22 日

慈母手中线

寒夜漫漫油灯暗，睡眼蒙蒙把头探。
一日纳鞋针脚密，两日摘棉御风寒。
三日缝纫机作响，四日旧衣拆洗涮。
一针一线眷眷心，慈母手中团团线。

春雨蒙蒙杏花艳，播种匆匆耕地田。
五日养猪喂鸡狗，六日擦窗打扫院。
七日上山锄禾忙，八日披星戴月还。
待到丰收月圆时，打谷场里笑声传。

养儿方知父母恩，孝敬爹娘弃儿远。
一年养儿多辛苦，两年育儿知艰难。
三年教儿要立志，四年送儿把军参。
忆想当年爹娘在，今朝只有梦里见。

雪花飘落北风寒，室内温暖如春天。
一夜梦里在故乡，两夜梦回青少年。
三夜校园读书景，四夜梦里泪满面。
许是离家久远致，道是游子把乡还。

2021 年 12 月 11 日

思念的路

细雨蒙蒙，
小草青青。
每当，
天气晴朗，
春光明媚之时，
思绪之门，
总会再次，
被和煦的春风轻轻地吹开，
勾起了我的忧伤，
和对爹娘无尽的思念。
……

每滴雨，
都是思念的泪；
每缕风，

都是梦思的语。
虽然，
打在脸上，
绕在身旁，
我的心，
却在颤抖，
且无比凄凉。
透过雨丝，
和蒙胧的泪眼，
隐约看见，
那吐绿的柳枝，
和茵茵的小草，
在风雨中瑟瑟发抖，
此刻的你们，
是不是，
也和我的心境一样。

走在这条，
用真情和思念，
用忧伤和泪水，
铺成的路上，
仿佛看到了您，

辛劳的样子，
和疲惫的背影，
好似触摸到了您，
温柔的双手，
慈爱的脸庞。
喊儿回家吃饭的呼唤声，
在天空中回荡，
在耳边回响。
……

难以忘怀，
军校毕业时，
归队路过，
兄长家看望您。
只住一宿话道别，
晨起大哥骑单车，
送我去车站。
儿行远，
回头望，
昏暗的路灯，
漆黑的巷口，
隐约可见，

您还在挥着手，
踮着脚尖张望。
泪洒湿衣裳，
直到我，
看不到您那，
柔弱的身影。
……
至今也不知，
您在寒风中，
站了有多久，
望儿已远去，
心中有多担忧。
……

万万没想到，
这一别，
竟是你我母子俩，
今生今世的永别。
泪咽已无声，
只向从前悔无知。
人世间，
哪能没遗憾，

可，
儿尚小而亲离去，
子欲养而亲不待，
这是我，
遗憾中的遗憾。
失望、痛楚、
惆怅、彷徨。
……

光阴似箭，
岁月如梭，
四十年的时光，
一晃而过。
无情的岁月，
让记忆渐渐模糊，
只有在梦境里，
才能清晰如初。
自古忠孝难两全，

望眼欲穿的您，
思儿急切，
直到无助地离开这个世界，
抛下了您一心牵挂的儿女们，

致使四儿我，
都没能见上您，
这最后一面，
哪怕是入土前的一面也好啊！
您的心情，
一定是牵绊的；
您的眼神，
一定是绝望的。
这，也是我，
一辈子的愧疚，
一生的遗憾。
千万里的路，
千万里思念；
千万个夜里，
千万个梦想。
……

这愧疚，
这遗憾，
穿过了时光，
穿过雨线间，
却有增无减。

如眼前这，
云和雾，
风和雨，
缠绕在了一起。
……
风儿，
不紧不慢；
雨儿，
不急不缓。
滴滴答答的雨声，
把我的思绪，
拉回到现实面前，
这云雾，
是从袅袅炊烟的人间烟火中，
化生而来。
伴有亲人祈祷，
带着我的思念，
飘向天空，
飘到了您的身边。

……
您是，
天上的星，

空中的月，
头上的云，
还是这，
淅淅沥沥的雨，
眼前的树，
林中的风。
这是我，
苦苦寻觅的答案。

人世间的路，
有坎坷，
有坦途，
再遥远，
也有尽头。
可思寻您的路，
既撒满了鲜花，
也洒满了泪珠。
这条用纸、
鲜花和思念，
铺成的无尽之路，
纸燃路毁，
花枯无痕，

隔断了和亲人们，
永不相见的离苦，
凄婉，忧愁，
还有满面潸潸的泪。
人啊，
不忘出生来路，
不忘亲人去处。
行孝品善，
敦亲睦邻。
这是，
人性的光辉，
也是，
儿女的情愫。

父爱如山，
母恩似海。
在思念您、
怀念您的日子里，
献上，
菊花一束，
点亮，
蜡烛一柱，

燃起，
心香一炷。
托白云，
拜春风，
邀雨雾，
寄托我的哀思，
化解我的无助。
虽千里之遥，
儿今，
只有这，
唯一一条，
思念的路。

2022 年 4 月 5 日

七 夕

转

深邃的银河啊，
太阳围着你转。
炽热的太阳啊，
地球围着你转。
情满的地球啊，
月亮围着你转。
太阳，
地球，
月亮，
都围绕着，
银河两岸你俩，
转，转，转，
……

因为，
天地间，
你俩的真情，
多彩而浪漫。
因为，
千百年，
你俩的故事，
感动着人间。

盼

天上的银河群星灿，
哪双才是织女的眼。
你在河那头，
我在河这边。
雨在下，
那是你的泪；
风在吼，
那是我在喊。

天上的银河群星闪，

哪双才是牛郎的眼。
你在桥那头，
我在桥这边。
鹊纷至，
那是你的愿，
桥架起，
那是我在盼。

今夜又七夕，
鹊桥终相会，
紧相拥而泣，
情意且绵绵。
年年盼今日，
朝朝望眼穿，
何时再相聚，
只盼又来年。

2022 年 8 月 4 日

思 念

月圆之夜，
情系初秋。
……
月光洒满池塘，
似，
碎银斑斑纹绣；
荷花摇曳独立，
如，
故人念念怀忧。
月朗星稀，
琴韵悠悠。
叹，
风无定向，
人生浮萍，
来去匆匆逝流。

惜，
悲欢离合，
至亲远去，
只在梦中逗留。
花有几时，
春风化雨。
人有几多，
春秋静候。
一语文书难表，
思念无期依旧。

2022 年 8 月 12 日

我欠父亲一个拥抱

每当看到，
和我年龄差不多的人，
陪着老父母，
或推着老母亲，
或领着老父亲，
在公园里，
在街头散步，
抑或是，
在医院病床前陪护，
陪着挂号看病检查时，
我都会情不自禁地，
把目光投向他们，
有时甚至驻足一旁，
痴痴地望着……
心里既羡慕，

又凄楚。
此时，
总会计算着，
父母若在世
该多大岁数了。
眼前就会浮现，
他们的身影，
音容和笑貌。
更加难忘，
当兵走的前夜，
父亲陪我，
睡在乡里那，
大通铺时的情景，
像过电影一样，
一次次，
从我的脑海里闪过……

记得，
在我十六七岁时，
三哥当兵走后的一个冬夜，
母亲在油灯下，
等您半夜尚不归。

于是，
把我从被窝里推醒，
叫我去大队部找您。
虽然我怕走夜路，
更怕村子里的拦路狗，
可那晚，
不知为什么，
我却一点都不怕，
俨然像一个，
临危受命的战士。
我睡眼惺忪地穿上衣服，
抓起家中，
唯一一部电器——
不太亮的手电筒，
急匆匆地消失在，
伸手不见五指的寒夜里。
……

当我推开大队部的房门，
只见父亲，
已醉躺在土炕上。
以往大多数，

都是在家里，
母亲忙前忙后，
炒上几个下酒菜，
招待工作队或乡干部。
为了这，
家里的鸡蛋，
总是攒起来，
舍不得让我们吃，
以便下次，
好有个像样的菜待客。

看到客人都已散尽，
只有大队下夜老人，
我试图将父亲喊起来，
可不论我怎么叫，
怎么摇晃都叫不醒。
我只好俯下身，
在老人家的帮助下，
用尽全身力气，
把您扯背起来，
您醉的什么也不知道，
一百六七十斤的体重，

加之醉酒，
好沉好重啊！
就这样，
您双脚拖地，
以我只有六七十斤的身体，
一里多地的距离，
不知歇几次，
才把您连背带拖地，
弄回了家。

到了家，
母亲没有责怪您，
赶紧喂水解酒，
那个年代，
也只有以多喝水，
来缓解醉酒。
我满头大汗，
倚着炕沿，
大口喘息着，
看到昏暗的灯光下，
母亲投来，
信赖的，

满意的目光，
那一刻，
我觉得一下子长大了，
我是一个小男子汉，
可以为母亲分忧解愁了。
我暗自兴奋了好几天。
这是我一生中，
唯一一次，
背过父亲。
第二天，
虽然没有得到父亲的表扬，
可打那以后，
父亲很少在外面醉酒了。
成家后，
当我有了孩子，
我才深切懂得，
父亲那晚大醉，
心里在想念他，
远在部队的三儿子了。
即便您儿女再多，
飞走一个，
护着一个，

想着一个，
惦着一个。
真是可怜天下父母心啊。
此生，
我虽然只背过父亲一次，
可想想，
还从来，
没有拥抱过您一次，
哪怕是，
离家远行的那一刻。
父亲，
对不起。
今生今世，
儿欠您的，
除了尽孝，
还有一个拥抱。

2022 年 6 月 19 日

追　思

十月初，月岁令。
清明寄哀思，
中元燃纸照天路，
秋祭寒衣奉。
礼先祖，传心声。
故人虽远逝，
遗忘才是永离别，
慎终追远铭。

菊花凋谢叶飘零，寒山老树昏鸦鸣。
青山古道思寻路，不见故人云风轻。
夜深人静怀思远，脑海再现至亲影。
历历在目展容颜，谆谆教诲耳边声。
相思无尽心中苦，如今全城皆寂静。
天堂之路多遥远，不知那边可寒冷。

十月本送寒衣食，怎奈有疫难成行。
人间有爱天堂暖，一首追思寄深情。

2022 年 10 月 25 日

☆诗歌朗诵视频
☆诗歌朗诵音频
☆电　子　书
☆摄影作品欣赏

微信扫码听作者为你读诗

☆诗歌朗诵视频
☆诗歌朗诵音频
☆电　子　书
☆摄影作品欣赏

中篇

家乡情思美

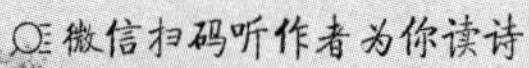

☆诗歌朗诵视频
☆诗歌朗诵音频
☆电　子　书
☆摄影作品欣赏

月下情思

见与不见，
我在这里，
望月相守，
如同谋面。

念与不念，
我在远方，
思念之情，
有增无减。

2017 年中秋

祈　盼

几多悲来几多愁，
故乡老宅不复留。

春夏之交好时节，
为建新宅选井口。

七十余米喷甘泉，
欢欣鼓舞不胜收。

不日新宅将奠基，
祈盼有期齐聚首。

2019 年 5 月 7 日

惜 缘

一日战友，
终生兄弟；
一时同学，
情深致远；
一份友情，
永远珍惜；
一世亲情，
血脉相连。

无论天涯，
还是咫尺，
我将永远珍藏着，
军营之中，
每一段记忆；
校园之中，

每一丝情谊；
朋友之中，
每一次感动；
家族之中，
每一份亲情！

珍视，
同吃、同苦、同乐的战友情！
珍惜，
相识、相遇、相知的同学情！
珍藏，
关心、关怀、关爱的朋友情！
珍爱，
家乡、家中、家人的骨肉情！

2019 年 8 月 1 日

忆乡愁

参军离家，
山外走，
一步一回头。
娘亲兄弟立村口，
挥手道别众乡亲，
翻过南山头。
此时又此刻，
泪已满面流。
炊烟袅袅望不见，
鸡鸣狗叫耳边留。
那一刻，
那一幕，
烙印脑海记心头……
三十八年弹指间，
光阴荏苒再回首。

爹亲娘亲驾鹤去，
孩儿思故人，
梦里忆乡愁。
游子离家日渐久，
乡音虽未改，
鬓霜染，
人影瘦。
皎洁秋月照当头，
万家灯火寄乡愁。
远方游子诉情愫，
把酒一碗醉心头……

2019 年初秋

又见炊烟

万里蓝天边，固有一片天。
风雨几十载，今又升炊烟。
忆想少儿时，绕膝爹娘前。
热锅饭菜香，兄弟言笑欢。
时光飞逝去，额头皱纹现。
他乡小巢居，故居暖心间。
梦里常相忆，儿时老屋檐。
虽离老巢久，思乡日夜盼。
兄弟新宅聚，起灶生火焰。
爹娘九泉知，含笑佑家安。
吾辈儿孙多，携手齐并肩。
不忘党之恩，代代永相传。
祖国山河美，乡村换新颜。
脱贫奔小康，接续勇登攀。

2019 年 10 月 24 日

云水瓶

客厅灯光好通明，点燃儿时记忆清。
开枝散叶根永固，兄弟携手续亲情。

他乡顾首思绪忧，游子夜行盼天明。
思乡念故何所依？云在蓝天水在瓶。

2019 年 12 月 16 日

别了·故乡；再见·亲人

一

悠悠岁月别经年，少时不曾入梦幻。
今朝再寻儿时友，空对南山影不见。

举目远眺山外天，低首难掩思乡面。
鬓发虽已青丝少，思乡之情日渐添。

二

红灯高挂迎新年，爆竹声声响彻天。
新宅新景新气象，辞旧迎新红对联。

鼠年临近跨门槛，远方游子奔家园。
兄弟天南又地北，约好相聚有值班。

三

来也匆匆去也难，心绪难平话千言。
他乡一去何日归？挥手泪别把身转。

故乡云儿头上飘，可知人间离别难。
家乡风儿耳边语，来年再续亲情缘。

2020 年正月初三

游子吟

一叶孤舟，
穿千山万水，
寂寞无穷；
了了与我，
几曾与君同乐？
抬头望月穿双眼，
忧愁惨淡；
低头思念，
思乡倍增感叹。
游子天涯，
尽无边。

何时艳阳照，
衣锦把家还？

2020 年 4 月 16 日

为谁守

风雨几十载，往事难回首。
人生路漫漫，何来怨春秋？

物是人非常，祈愿平安留。
大爱驻心间，岁岁情依旧。

2020 年 7 月 1 日

思亲念乡

凝视相册爹和娘，情不自禁泪流淌。
儿孙绕膝福满宅，如今空使人惆怅。

父母所愿皆成真，开枝散叶一大帮。
痛失兄长亦远去，吾等兄弟指断伤。

令人欣喜后辈起，长江后浪推前浪。
祈愿父母护儿孙，平安幸福又健康。

新宅续存老屋情，纵使他处游梦乡。
但愿吾辈勤奋进，不忘党恩续辉煌。

2021 年 4 月 25 日

还乡

芦絮飘飘碧水茫，秋风瑟瑟雁鸣苍。
林寺悠悠鼓声远，炊烟袅袅晚霞妆。

山色杳杳林霜染，牧笛声声曲悠扬。
长路漫漫思故里，游子依依欲还乡。

2021 年秋

乡思树

小的时候，
总以为家乡的小山村，
就是一个鸟笼，
禁锢了自己飞翔的翅膀，
那时，
多么想早点儿离开你，
飞向远方。
离开你时的情景，
随着时间的推移，
已渐渐模糊，
然而，
伴随着年龄的增长，
越发有了故乡的概念，
和鸟儿归巢的强烈愿望。

人世间，
许多事情和经历，
会随着时间的推移，
而慢慢清晰。
许多命运的坎坷与艰辛，
也会随着时间的流逝，
而渐渐领悟。

年少无知的我，
离开你时，
是那么欣喜若狂，
竟毫无顾忌地，
一头奔向远方。
自己却不知，
一颗相思的种子，
已悄悄地植入了，
我的心房。
这粒种子，
就是游子心中，
渐渐长大的“乡思树”。

连一个挥手告别，

都没有的我，
离开你时，
只有兴奋。
兴奋得有些，
迷迷糊糊、
跌跌撞撞。
错落有致的村庄上空，
那袅袅炊烟，
还有那，
鸡鸣狗叫声，
只是我当初，
仅有的，
一点点记忆。

春去春又至，
花落花又开。
而我，
越发思念，
远在千里之外的，
那个小山村，
无论是醒着的时候，
还是在，

梦境里……

年少时，
我多么憧憬，
山外面的世界，
怀着一颗，
忐忑不安的心，
带着，
满腔热血、
豪情壮志，
穿上了绿军装，
踏上了从军路。
此时此刻的我，
是多么幸运、
自豪和痴狂，
终于离开这，
一天都不想待的，
“土”山庄。

四十年的人生过往，
曾留下我童年，
美好记忆的小山村，

如今已让我，
魂牵梦绕，
思绪难平。
我已不再羡慕，
山外面世界的，
五彩缤纷。
当听懂故乡的曲、
读懂家乡的词时，
已是，
晚霞映天边，
人影黄昏瘦。

有爹娘在，
家就在，
温馨与呵护就在。
它永远存放和保留着，
我们那时，
天真无邪的童真，
和无忧无虑的心境；
有村庄在，
路就在，
思念与期盼就在。

它永远寄存和见证着，
我们那时，
顽皮淘气的年少，
和多愁善感的心绪。

从“乡思树”下启程，
只有回家的路，
太过漫长，
而且，
举棋不定，
思绪不清。
因为故乡虽在，
可爹娘已不在，
家也就不在了。
留下的只有，
“乡思树”下的相思梦。

每次踏上故乡的山间小路，
总会让人，
心潮澎湃、
思绪万千。
望着这，

一山一水，
一沟一壑，
一草一木，
一庭一院，
都是那么，
亲切无比。
思乡的闸门，
一经打开，
就难以关闭……
云儿，
是那样轻盈，
你是否还认识我？
风儿，
是那样温柔，
你可曾想念过我？
就连见到的，
陌生人，
都觉得，
亲切得不得了。
“少小离家老大回，
乡音无改鬓毛衰。
儿童相见不相识，

笑问客从何处来。”
贺知章的《回乡偶书》，
已然令我难以置信地，
融入其中，
且身临其境了。
“床前明月光，
疑是地上霜。
举头望明月，
低头思故乡。”
大诗人李白的千古名句，
虽，字字珠玑，
却，句句扎心。

留我遗梦的故乡啊！
一不经意，
一个转身，
故乡就成了，
遥远的眺望……
存我一梦的家乡啊！
一不留神，
一个逃离，
家乡就成了，

永远的思念……

读懂了，
什么是故乡，
就读懂了，
什么是人生真谛；
读懂了，
什么是家乡，
就读懂了，
什么叫落叶归根。
故乡，
虽在远方，
但它永远在那；
家乡，
虽在梦里，
但它一直唤我。
远方的游子，
相思无期，
聚终有时。
因为，
回家的路，
永远，

在我们自己脚下，
在我们的思念中，
在我们的祈盼里……

“乡思树”下相思梦，
远方游子呓语声。
落叶归根何所依，
“乡思树”下启归程。
三十而立不言愁，
四十不惑怎识卿。
五十知命入梦境，
六十耳顺悟道清。

2022 年 1 月 25 日

风　筝

四十年前的一天，
一只风筝飞向了蓝天。
风筝那端有我爹娘，
常常抖动望着风线。
那时远方的我呀，
豪情万丈有誓言。
从军报国为家争光，
你们的教诲永记心间。

风筝啊风筝好幸福，
远方游子有人挂念。
风筝啊风筝在盼望，
早日回家把捷报传。

四十年后的今天，

一只风筝天空中盘旋。
风筝那端没了爹娘，
再也没人抖动风线。
此时远方的我呀，
心情忧伤无怨言，
从此无人喊儿回家，
你们的呼唤是我的祈盼。

风筝啊风筝好孤独，
天上飘荡着无人管。
风筝啊风筝仍盼望，
地上有人拉动风线。

家乡的蓝天你是否还记得，
风筝飞入你怀抱时的笑脸。
一个人曾小声地询问，
回家的路有多么远。
路上是否长满野草，
无人问津也没有人管。
故乡的风儿你是否还知晓，
风筝飞走时你是否还嫌慢。
一个人曾小声地吟唱，

回家的路有多么宽。
路边是否开满小花，
无人欣赏也无人浏览。

风筝啊风筝好可怜，
多年飘荡不知冷暖。
风筝啊风筝在寻求，
衣锦还乡要等哪年。

记忆是多么的美好，
现实又多么的艰难。
老照片都已经发黄，
过电影一样人不见。
有人深夜走在回家的路上，
匆匆忙忙不知疲倦。
有人深夜在异乡街边徘徊，
辛辛苦苦不是归雁。
游子永远眷恋着故乡土地，
今生今世留恋那根风筝线。
有些人早已散落在了人海中，
有些人变成刻骨铭心的思念。

风筝啊风筝好无奈，
天上人间可曾往返？
风筝啊风筝要启航，
约定归期谁来收线？

家乡的春天，
是否还杏白桃花艳，
红遍山。
家乡的夏天，
是否还大雨雷鸣闪，
骄阳艳。
家乡的秋天，
是否还收获笑颜欢，
粮仓满。
家乡的冬天，
是否还大雪铺满院，
漫无边。

约定回家梦中期许，
约定归期谁来收线。
约定回家梦中期许，
约定归期谁来收线。

难忘元宵

春雪打灯闹元宵，汤圆滚动水上漂。
家人围坐老宅聚，欢声笑语满屋绕。

村灯旺火门前洒，锣鼓喧天尽情敲。
鞭炮彻响礼花艳，难忘元宵在今宵。

2022 年 2 月 15 日晚

元宵望月

窗前明月大如盘，
月下吟诗彻骨寒。
自古多少人望月，
可知曾被明月看。

2022 年 2 月 15 日晚

泪别红瓦房

三间红瓦从过往，早早起床收拾忙。
舟车劳顿为哪般，只为故土忆爹娘。

盼得家和万事兴，力不从心且感伤。
莫作是非来论我，人间之事不寻常。

2022 年 2 月 16 日

放飞梦想

我亲爱的家人，
我可爱的家乡。
回家的风筝，
又乘着，
家乡的风，
轻轻挽着，
故乡的云。
飞向了蓝天，
飞向了远方……
不管飞得，
多久多高；
不管飞得，
多偏多远。
牵动线儿回家的，
永远是，

家乡的情、
兄弟的情，
爹娘的恩、
向往的天。
还有老宅院，
那顶红瓦片……
一个“真”字，
加一个“情”，
怎能了得；
一个“思”字，
加一个“念”，
怎能了愿。
远方的游子，
情真也思念……

2022 年 2 月 16 日

村头守望

远山暮霭鸟归巢，
炊烟袅袅入云霄。
寒夜便将村头暗，
白发婆婆望子瞧。

房前春树

春风一树南北山，
向南枝暖向北寒。
房前一隅春意浓，
只待归燕把窝悬。

累把锄头

少抡锄头老来愁，
南山地里垅上走。
云从头上飘过来，
祈盼朵朵雨水有。

耕　耘

布谷声声报春急，
麻雀喳喳寻食觅。
耕耘默默好时节，
喜盼累累硕果季。

2022 年 4 月 10 日

归来，莫等

天边，
飘来一朵云，
这，
是故乡的云。
耳边，
吹过一缕风，
这，
是故乡的风。
云儿你从何处来？
风儿你往哪里寻？
我期盼你们这么久，
你们可知我的心声。
回家的车轮滚滚，
归途的车轮踌躇。
回家的心情切切，
归途的心情悠悠。

故乡是我，
前行的动力，
家乡是我，
夜行的明灯。
心心念念的故乡啊，
我不嫌你土气，
你别嫌我陌生。
脚下有大地为念，
头上有蓝天为镜。
风云与我诉说，
高山为我做证。
我是你，
离家久远的孩子，
你是我，
日思夜想的梦境。
山也亲一程，
水也亲一程；
景也亲一程，
人更亲一程。

游子久远至，
像回归的鸿雁，
飞跃山巅，

奋力前行。

……

白云、山风，
友情、亲情，
已全部，
融入了我的肌体，
随血液一起流淌，
和脉搏一起跳动。
千言万语，
万语千言，
汇成一句话，
归来，莫等。

2022 年 7 月 5 日

☆诗歌朗诵视频
☆诗歌朗诵音频
☆电　子　书
☆摄影作品欣赏

别了故乡

远山巍巍天湛蓝，白云悠悠挂天边。
回首再望村前树，泪眼蒙眬寻屋檐。

今日一别何时归，他乡顾首再祈盼。
但愿故乡人安好，待到来年北归雁。

2022 年 7 月 5 日

家

你呱呱坠地
爹和娘亲
乐开了花的地方
那里就是家
你娃娃降生
你和爱人
手忙脚乱的地方
那里就是家

令人牵肠挂肚
为你日夜担忧的地方
那里就是家
令人魂牵梦绕
让你翘首以盼的地方
那里就是家

你和兄弟姐妹
快乐成长的地方
就是家
爸妈盼望儿女
回来吃饭的地方
就是家

家是父母为孩子
搭建起来的安乐窝
在这里
有我们淘气的印迹
有我们难忘的童年
在这里
有柴米油盐的愁绪
有养儿育女的艰难
在这里
有锅碗瓢盆的交响
有春夏秋冬的留恋

家是子女向父母
感恩尽孝的反哺巢

这里是
血脉相连的红脐带
让你振翅的起飞点
这里是
慰藉心灵的庇护所
岁月静好的父母愿
这里是
负重前行的脊梁挺
遮风挡雨的避风港

家是父母
牵挂你的瞭望窗
牵动你的风筝线
家是兄弟
凝心聚力的亲情网
团结互助的幸福园

家是母亲
眼里的泪光
家是父亲
坚实的臂膀
家是父母

门前的眺望
家是爹娘
桌上的饭香
家是孩子们
一生的向往
家是游子们
一世的惆怅
……

一国千万家
护国亿万民
只有国之在
方可论家存
爱家又爱国
孝悌且忠信
家事与国事
事事皆关心

2022年8月18日

乡　愁

多少次自问
多少个梦想
多少次呐喊
多少年遥望
乡愁是
一捧土、一碗水
乡愁是
一支歌、一杯酒
乡愁是
一缕风、一朵云
乡愁是
一生情、一世爱

家乡，是否记得
久别的惆怅

故乡，可否知晓
游子的忧伤

2022 年 11 月 1 日

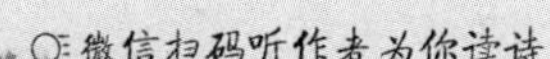

☆诗歌朗诵视频
☆诗歌朗诵音频
☆电　子　书
☆摄影作品欣赏

相　遇

芸芸众生纷扰里，感恩今生遇见你。
相逢恨晚何须怨，对眸一笑真情起。

缘来缘守何曾许？前世今生约有期。
此生留却真情在，窗前月光丽影迷。

1988 年 5 月 12 日

你的名字

在我支离破碎的
生活里
在我徘徊彷徨的
日子里
在我苦闷无助的
诗稿里
我写着
你的名字

在我思念的
生活里
在我痛苦的
日子里
在我高兴的
时刻里

我呼唤着
你的名字

我生来就是
为了认识你
为了了解你
为了深爱你
为了叫
你的名字

1988 年 5 月 30 日

执 着

我，
不止一次感叹，
人生磨难多多。
我徘徊过，
也曾哭过，
但从未想到过退缩。
虽然眼泪流了许多，
梦想也不会被，
放弃或者淹没。
因为生活包含如果，
命运才会潮起潮落；
因为悲欢总在交错，
人们才将幸福把握；
因为岁月漫长曲折，
未来才显那么难测。

让我们面对自己，
重新做一次选择。
我多么渴望真诚，
融化人间的冷漠。
让目光不含苦涩，
让心灵再没间隔。
这就是，
执着。

1988 年 10 月

梦

我，
站在，
高高的山顶上，
眺望，
那云雾笼罩着的，
远方……

此时，
我的心，
已飞到了，
你的身旁。
望着，望着，
只见你，
从云雾中，
带着喜悦，

带着微笑，
缓缓地，
向我走来……
此刻，
我已激动不已，
张开双臂拥迎你，
可是，
带给我的，
只是一场，
相思苦，
一个迷人的，
不知何时，
才能醒来的，
梦……

1988 年 12 月

守望你

你，
曾经对我说起，
爱，
永远不会忘记。
我早已默默地，
记住你的应许。
如今，
你要离我远去，
却不愿，
留下一点音讯，
我只能，
用心来呼唤你。

多少悲，
多少喜，

都是，
为你，为你，为你；
多少风，
多少雨，
都曾，
伴你，伴你，伴你；
多少日，
多少夜，
都在，
盼你，盼你，盼你。

如今，
岁月已拉开我们俩，
心和心的距离。
莫非爱得越深，
就意味着分离。
虽然不想欺骗自己，
却无法挥别这记忆。
因为，
只有失去后，
才懂得珍惜。
你虽不愿，

再重复过去，
我却，
总是默默追忆，
那伤感的现实，
但已无法驾驭。

爱，
封存在我心底，
抚不去，
脸上的泪迹，
而我，
仍在，
痴痴地，
守望你。

1989 年 12 月

参观贵州革命圣地

赤水河畔

赤水河畔翠峰峦，名企依山掩其间。
不待客家入其境，酒香扑鼻醉梦仙。
台圣寺佑国之翠，香烟缭绕入青天。
敢问世间甘几许？唯有茅台独占先。

2016 年 9 月 28 日

息烽烈

息烽一魔窟，人间一地狱。
革命英烈们，血洒于此地。
不灭我息烽，火种永不息。

先烈含笑看，革命终胜利。

2016 年 9 月 28 日参观息烽山集中营

遵义之举

浴血奋战至此，召开遵义会议。
确立领袖航船，思想路线确立。
红军前途有望，赢得革命胜利。
不忘初心使然，永葆红色记忆。

2016 年 9 月 28 日参观遵义会议会址

红军山

遵义城外小龙山，红军到此扎营盘。
龙思泉是小红军，祖传医术把军参。

小小年纪卫生员，千难万险不惧难。
驻地外出去行医，为了百姓把病看。

军情紧急拔营盘，无法通知龙思泉。
归队方知部队去，急促寻行把队赶。

未曾料到卫生员，突然遭遇匪豪还。
落入匪手不屈服，英勇就义龙山间。

老百姓们为纪念，葬思泉于小龙山。
反动派们不甘心，欲刨坟遭百姓拦。

为保思泉尸骨全，众人跪拜于坟前。
齐声称念圣医家，匪豪害怕方罢免。

忠骨埋于百姓心，闻此故事泪满面。
小龙山即红军山，革命英烈笑九泉。

红军山是初心山，红军山是英雄山。
红军山是纪念山，红军山是革命山。

2016 年 9 月 28 日参观红军山革命烈士纪念碑

寻 觅

——满都海赏荷有感

梦里寻你千百度，
蓦然回首，
你在荷塘最深处。
面带微笑，
招手至，
一朵荷花水中出。
叶捧露珠，
花低语，
情如初，
缘如故，
情缘难了，
今生度！

2019 年初夏

情·爱

这个世上，
有一种爱，
舐犊至深，
无私无怨。
不因季节而更换，
不因辛劳而停歇。
这就是伟大的，
父母之爱！

这个世上，
有一种情，
天长地久，
比水更浓。
不因年轮而变淡，
不因世道而浮沉。

这就是永远的，
手足之情！

这个世上，
还有一种爱，
地老天荒，
比翼连枝。
不因时光而褪色，
不因疾贫而离弃。
这就是永恒的，
夫妻恩爱！

这个世上，
还是一种情，
天南地北，
永不忘却。
不因岁月而遗忘，
不因退伍而失色。
这就是永固的，
军旅战友情！

这个世上，

更有一种大爱，
和平战乱，
亘古不变。
不因星转而改变，
不因强弱而背叛。
这就是赤诚的，
家国大情怀！

2020 年 5 月 5 日

☆诗歌朗诵视频
☆诗歌朗诵音频
☆电　子　书
☆摄影作品欣赏

双 飞

一九九〇五二〇，农历四月廿六整。
良辰吉日亲朋聚，喜宴婚庆大礼成。

今朝又度五二〇，三日之前廿六明。
晨起巴西吐芳蕊，万物共修通心灵。

双休日里园游醉，繁花似锦湖水清。
把酒一盏亲情续，夫妻恩爱互敬卿。

转瞬之间三十载，风雨相伴不老情。
天若有情天勿老，感天动地携手行。

2020 年 5 月 20 日

愿

请把我看作是
一部作品
怎样才能
推广至深

请把我看作是
一束鲜花
怎样才能
送给情人

请把我看作是
一匹骏马
怎样才能
让它奔驰

请把我看作是
一位使者
怎样才能
让他胜任

我是风儿
我是云儿
愿伴你飞翔
愿将万物润

2020 年 6 月 20 日

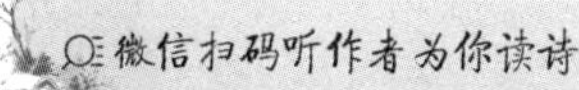

☆诗歌朗诵视频
☆诗歌朗诵音频
☆电　子　书
☆摄影作品欣赏

端午情思

年年岁岁风雨兼，江南江北端午喧。
朝朝暮暮话与谁？一捧香粽念屈原。

陈冤投江为民死，黎民百姓祭千年，
为有牺牲凌云志，化作忠心万古传。

2020 年 6 月 25 日

为你点赞

——赠语伟成

九十三载岁峥嵘，八一军旗血染红。
为有从军多豪迈，雄心壮志笑谈中。

北斗组网举国庆，伟成跃进一日同。
群星璀璨我一颗，接续奋进耀天空。

2020 年 8 月 1 日

祝君冬至乐呵呵

冬日至此年将过，太阳回归日照多。
庚子载满互助情，辛丑迎盼国运阔。
多味饺子情义浓，送君寄语暖心窝。
韭菜鸡蛋味儿美，萝卜羊肉健体魄。
蘑菇木耳财源滚，三鲜馅儿老少乐。
酸菜猪肉忆故乡，土豆肉素本地火。
东西南北八方聚，日月星辰耀祖国。
多味饺子齐上阵，祝君冬至乐呵呵！

2020 年冬至

立交桥下的春光

在你的头上，
是钢筋混凝土的桥面，
没有雨水甘露，
偶尔阳光眷顾，
没人在意你的存在，
却有讨人的尘埃，
使你蓬头垢面。

可你，
依然热烈地，
绽放自己，
向路人展示着，
春的脚步……
你如同那，
路旁的小草，

顽强地笑迎，
春的花香，
夏的骄阳，
秋的明月，
冬的寒霜。

2021 年 4 月 4 日

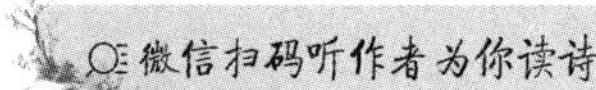

☆诗歌朗诵视频
☆诗歌朗诵音频
☆电　子　书
☆摄影作品欣赏

顽 强

春风呼唤你，润雨催生急。
破土迎朝阳，拥吻花瓣雨。

蛰伏冰土下，顽强且不屈。
待你花艳时，人人皆赞许。

2021 年 4 月 12 日

赞 行

——为伟成出行赞

白云悠悠蔚蓝天，
高铁飞奔好河山。
为有豪情凌云志，
驰骋千里跃扬鞭。

2021 年 4 月 12 日

晨 思

梨花夜雨润无声，
晨起窗前思绪腾。
晚春光阴无限好，
信步游览何时成？

2021 年 4 月 22 日

话当年·何来怨

人生不过几十年，把酒言欢醉几盏？
人生出彩又几年，把酒续旧愁难言。
少年壮志不言愁，戎装加身勇戍边。
青丝褪却双鬓白，容颜虽老无悔怨。
人生如若初相见，秋风画扇何事难。
等闲老却少年志，何来怨恨人心变。
世事变迁心无悔，明月依旧照山川。
声声念你入梦呓，悠悠岁月别经年。

2021 年 4 月 24 日

烈日情

烈日炎炎似火烧，汗流浃背锄草蒿。
营造美好家园地，青山依旧人渐老。

忆想当年爹娘在，欢声笑语院中飘。
开枝散叶家兴旺，根在故里永记牢。

2021 年 6 月 26 日

什么是幸福

幸福是什么
幸福在哪里
幸福是什么味道
幸福是什么颜色

你和你的家人
悠闲自得地
在公园散着步
你和你的好友
在餐桌上尽情地
享受美食时
你和你的战友、同学
把酒言欢时
你和你的爱人
游山玩水时

你不感到幸福吗

当你头疼脑热
有人为你
端水送药时
当你生病住院
医生为你
精心诊治时
你不感到幸福吗

当你处于人生低谷
心灰意冷时
有人给了你
一个微笑
有人给了你
一句安慰
你感觉不到幸福吗

当你遇到了困难
别人出手相助
当别人遭难受苦
你给予关心、关照时

你感觉不到满足和幸福吗

当你
因家庭之事而烦恼
有人给你
无私的安慰
有人替你
负重前行时
你体会不到幸福吗

当你为情所困
当你为缘所苦
不要抱怨
生活对你的不公
不要愧对
人生对你的期待
幸福是什么
幸福就是
你尊重别人
别人也尊重你
幸福就是
你受得起别人

对你的尊敬
幸福是什么
得之坦然
失之亦坦然
幸福是什么
幸福就是
善心，善念，善行

幸福到底是什么
幸福就是知足
幸福就是放下
幸福就是感恩
幸福就是活着
幸福就是奋斗
幸福里有
柴、米、油、盐
幸福里有
酸、甜、苦、辣

幸福里有
喜、怒、哀、乐
幸福里有你、有我
幸福里有人、有民

幸福里有拼、有搏
幸福里有党、有军

幸福是什么
幸福就是
校园里朗朗的
读书声
幸福就是
田野里喜悦的
收割声

幸福是什么
幸福就是
工厂里面
隆隆作响的
机器声
幸福就是
边防线上
铿锵有力的
巡逻声

幸福是什么

幸福就是
科研院里
灯光通明
幸福就是
航天员们
遨游太空

幸福是什么
幸福就是
儿女孝顺
老人健康
幸福就是
军队强大
国家富强
幸福在哪里
幸福在你的
左肩上
幸福在我的
右肩上
幸福在你的
左兜里
幸福在我的

右兜里
幸福就在
小康路上
幸福就在
百年辉煌

幸福是什么味道
幸福的味道
一定是甘甜的
因为它是用
广大劳动者的
智慧酿成的
幸福是什么颜色
幸福的颜色
一定是红色的
因为它是用
无数革命先烈的
鲜血染成的

我为
生于中华而庆幸
放飞和平鸽

手捧幸福花
我为
受党恩情而高兴
奋斗百年路
耀我大中华

身为中国人
我——
自豪
并无比幸福
身为中国人
我——
骄傲
且无比光荣

2021 年 7 月 25 日

泪洒鹊桥·情满人间

牛郎织女鹊桥会，
千古传颂话神仙。
隔河终守两相望，
不离不弃兑诺言。

一年一聚，
一聚一散。
泪洒鹊桥，
人间雨，
流成河，
情何甚，
爱千秋，
哭千年。
湖心映月半，
喜鹊架桥面，

如约至，
泪已涟涟，
情满人间。

牛郎望织女，
织女盼郎还。
年年盼，
天天盼，
盼得今朝鹊桥见。
虽说有甘甜，
却又有心酸。
一年终相聚，
一聚又离散。
约定好相逢，
彼此立桥头，
紧依偎，
话无眠……

织女绘彩虹，
牛郎来种田。
天上彩桥美，
地上七夕赞。

这一见所喜多多，
细数这繁星点点。
还有朝暮风花雪，
新赋赞语又一篇。

想当年，
天上人间不平事，
谁与抗争辩？
看今朝，
女人已是半边天，
爱由你，
情由我，
换了人间。
虽至此，
牛郎织女相思苦，
银河两相守，
伴星辰，
望秋月，
再盼来年……

2021 年 8 月 14 日

花下忧·杯中愁

一

桃花落，梨杏开，
桩桩件件依旧在。
春光美景邀人赏，
花下难寻故人来。
花是往年花，
人非往年人。
丝丝真情永不变，
变的却是景中人。
此时苦寻觅，
心已乱猜猜。
情难忘，
意犹在，
情缘怎了难释怀……

二

舞方休，歌又起，
声声句句词和曲。
觥筹交错霓虹闪，
池中难寻伴舞女。
曲是曲中曲，
人非曲中人。
串串词曲意未变，
变的却是听曲人。
时下苦思量，
心已空若虚。
情不忘，
意犹存，
情缘难忘怎释语……

2021 年 8 月 20 日

相思中秋

又是一年中秋至，皓月当空寄相思。
花好月圆年年有，不知今宵约几时。

今月曾经照古人，古人再难月下痴。
把酒一盏邀明月，月光照我斜影直。

2021 年 9 月 21 日

采桑子·步重阳·赞菊黄

少年不知愁滋味，岁岁重阳。
今朝重阳，
青涩年少步重阳。
秋风劲吹花尽落，唯有菊黄。
今更菊黄，
满目秋色赞菊黄。

2021 年 10 月 14 日

美丽青城

春风拂面时
多么需要
小草茵茵
和鲜花映衬

烈日当头时
多么需要
凉风习习
和头顶绿荫

秋风叶落时
多么需要
硕果累累
和满山红韵

寒风凛冽时
多么需要
雪花飘飘
和家暖如春

呼和浩特
历史悠久
文化底蕴
璀璨耀人
美丽的青城
南傍黄河水
背倚大青山
市民情更深
愿——
天更蓝
云更白
城更美
人更亲
你所需
我所愿
这里皆成真

2021年10月26日

如我所想，如你所愿

当，
草青柳绿，
桃李盛开，
蝶飞蜂舞时，
你已，
“春风得意”。
而我，
如春姑娘，
含情脉脉，
牵手与你，
漫步花海。

当，
雷雨过后，
晴空万里，

烈日炎炎时，
你已，
“热血沸腾”。
而我，
如蝉扶枝，
垂须声远，
呼唤与你，
歇荫树下。

当，
蛙声四起，
蟋蟀啾啾，
月圆之夜时，
你已，
“神清气爽”。
而我，
如红绿果，
飘香四溢，
相约与你，
品味甘甜。

当，

霜染红叶，
寒风乍起，
雪花飘飘时，
你已，
“冻手冻脚”。
而我，
如释重负，
不畏严寒，
携手与你，
共克时艰。

生活的脚步，
就在这，
柴、米、油、盐，
不断地，
循环往复之中，
默默地守护着，
你的情，
我的义。
并牢牢地，
印下了我们俩，
永不褪色的光阴岁月。

年轮的记忆，
就在这，
春、夏、秋、冬，
不断地，
循环往复之中，
慢慢地播撒着，
你的情，
我的爱。
深深地，
刻下了我们俩，
永不逝去的美好年华。

我不弃卿，
卿不负我。
如我所想，
如你所愿。

2021年11月11日

定力·答友人

——要做山中一枝梅

欲作寒梅傲山野，
漫天飞舞相思雪。
我欲乘风寻梅去，
化作细雨芭蕉觉。

2021 年 11 月 13 日

重 拾

回首往事皆远去，
定睛凝视皆美好。
情景再现一幕幕，
凭窗目梳扶旧照。

2021 年 11 月

时间海

小河岁岁轻轻流，花儿年年静静开。
绿水青山环顾你，行歌叹月望星海。

云儿飘飘醉似仙，山风阵阵吹过来。
悠悠岁月歌一首，悄悄流向时间海。

2021 年 12 月 31 日

人生如梦

春风才吹柳枝绿，
转眼秋风菊花黄。
人生荣华阳春梦，
富贵好似秋后霜。

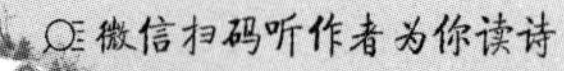

花语人生

春赏花开满枝红，
秋看花落树已空。
若将花比人间事，
花与人生事相同。

归 雁

鸿雁回归北上飞，
林里歌声醉人归。
年少无知淘气事，
不知叙说话与谁。

飞 鸟

春风伴雪漫飞天，
梅花独放雪压偏。
偶有孤鸟低掠过，
云外夕阳压天边。

雪对雨的倾诉，我对你的心声

雨夹雪飘抖春景，我伴你俏迎春风。
春风吹雪化作雨，春景满目万物醒。

问君能有几多愁，声声报春闻鸟鸣。
笑对人生万里路，芳草依旧向阳生。

2022 年 3 月 17 日

独处老宅院，望断南飞雁

雁群南下情悠悠，
白云朵朵伴左右。
“一”字队形头上过，
再望已成“人”字收。

落单孤雁声凄凄，
摇摇晃晃紧随后。
我俩相知赴他乡，
声声呼唤令人忧。

庭院荒草埋幽径，
村老父辈多成丘。
人生苦短梦一场，
何来是非议无休。

待到来年春风至，
草长莺飞花依旧。
不怕乱云遮归雁，
故人难寻令人愁。

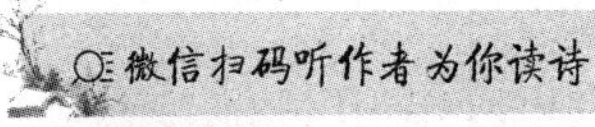

☆诗歌朗诵视频
☆诗歌朗诵音频
☆电　子　书
☆摄影作品欣赏

致青春

我们都曾是青年，
英姿飒爽；
我们也都曾年轻，
信心满满。

我们现已不是青年，
往事如歌；
我们如今不再年轻，
无悔无怨。

愿年轻的青年人，
朝气蓬勃；
愿老去的年轻人，
青春永驻。

祝年轻的青年人，
“五四”快乐；
祝年轻过的老年人，
“五四”幸福。

致敬青春！
致敬战友！

青春你好！
同学你好！

青春万岁！
祖国万岁！

2022 年 5 月 4 日

期 待

梅迎春，
梅香留，
蓦然回首，
春去夏招手。

桃花落，
桃园瘦，
你来我走，
万物轮回收。

人如初，
人依旧，
岁月神偷，
人生似梦游。

情谊真，
情如酒，
一声问候，
天长地更久。

2022 年 5 月 5 日

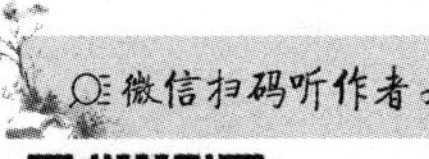

☆诗歌朗诵视频
☆诗歌朗诵音频
☆电　子　书
☆摄影作品欣赏

相 见

——诗友会

最高的雪，
是飘逸的雪，
是多情的雪；
最高的雪，
是晶莹的雪，
是纯洁的雪。
我虔诚地，
拥入了你的怀抱；
我激动地，
融入了你的心跳。
从未谋面的你，
是你的诗歌，
在向我召唤，
是你的爱心，

让我向你靠前。
我们虽未相见，
许是前世有缘，
才让我，
和在座的各位，
用这样优雅的，
以诗会友的方式，
——相见。

2022 年 5 月 20 日

真情永在

鱼尽欢，
花盛开，
今生难见梦里来；
情愈浓，
人更帅，
真情告白怎释怀？
人是当初人，
月是当初月。
人望月，
月照人，
人月两相望，
情痴两相守，
心相通，
两无猜。

2022 年 6 月 27 日

迎风袖

——赠伟成

寒梅傲雪迎风袖，
满江春水向东流。
沉舟侧畔千帆过，
万花丛中一枝秀。

2022 年 9 月 15 日

清平乐·回归雁

天高云淡，不见南飞雁。
山峦层林尽数染，鸟醉水欢人羡。

霜降秋远迎冬，叶落枝头疏空。
待到鸿雁回归，春风化雨绿红。

2022 年 10 月 23 日

微信扫码听作者为你读诗
☆诗歌朗诵视频
☆诗歌朗诵音频
☆电 子 书
☆摄影作品欣赏

微信扫码听作者为你读诗

☆诗歌朗诵视频
☆诗歌朗诵音频
☆电　子　书
☆摄影作品欣赏

下篇

心语自然月

微信扫码听作者为你读诗
☆诗歌朗诵视频
☆诗歌朗诵音频
☆电 子 书
☆摄影作品欣赏

春　耕

——忆儿时家乡春耕景象

春风拂面草依稀，
枝梢花簇布谷啼。
蒙蒙细雨耕牛走，
又是一年播种季。

2001 年 4 月 20 日

报　春

——忆儿时家乡春景

春风拂柳堤，
布谷报春急。
风雨潜入夜，
花开几枝稀。

2002 年 4 月 10 日

赏雪抒怀

窗外雪花纷飞，
室内温暖如春。
何须怨春不醒，
只待信步桃林。

2010 年冬

雨·雪·尘

风沙再大，
吹不散的，
是友情。
也迷失不了，
我们一同前行的路。

雨雪交加，
隔不断的，
是牵挂。
也阻断不了，
我们前世今生的缘。

2016 年春

叹　春

一

黄沙弥漫天空，
阵阵狂风汹涌。
桃花随风吹落，
遍地洁白似冬。

2017 年春

二

既是一年芳草绿，
又是一春桃花开。
花开一季约有期，

相思一人赏花来。
春风为谁刮？
鲜花为谁开？
真情为谁诉？
泪滴为谁卖？

2017 年 4 月 16 日

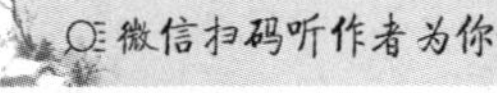

☆诗歌朗诵视频
☆诗歌朗诵音频
☆电　子　书
☆摄影作品欣赏

春

——窗前读书赏春感怀

一院杏蕊点点红，
一杯清茶惬意浓。
一本诗书畅游尽，
一首名曲乐无穷。

2017 年

她，醒了

透过那——
熙熙攘攘，
人头攒动的缝隙，
我——
隐约地，
看到了一棵嫩芽，
和着微风，
伴着喜庆，
依附在那婀娜多姿，
挂满节灯的柳枝上。

她，
随风起舞，
宛如青春少女，
妩媚动人！

啊……

这是春姑娘的身影，

她，

醒了，

正深情地，

向人们招手……

来吧，朋友们！

用你的热情，

去追赶春天的脚步，

用你的激情，

去拥吻春天的风吧！

2018 年春

咏 春

塞上客来谁问暖，
抬头望见北归燕。
碧湖始清映美景，
煦煦春风驱冬寒。

2018 年

叹 春

人间最美四月天，
风吹桃花舞翩翩。
低头疑似残冬雪，
枝梢绿芽映花间。

2018 年春

归　鸟

——游青城公园

塞北春来谁问早，
请望头上北归鸟。
湖岸垂柳映倒影，
野鸭嬉戏伴春俏。

2019 年 3 月 30 日

雨·情

春天的润雨，
蒙蒙而细腻。
挽着暖暖的春风，
默默地，
滋润着大地万物。
它就像，
美丽少女，
温柔而恬静。

初夏的晨雨，
哗哗并欢快。
顺着高高的雨帘，
刷刷地，
梳理着大地万物。
它就像，

英俊少年，
活泼而阳刚。

盛夏午后雨，
切切而疯狂。
伴着隆隆的雷声，
汲汲地，
拥吻着大地万物。
它就像，
功夫影星，
激烈而迅猛。

晚秋的冷雨，
绵绵而凄冷。
和着瑟瑟的秋风，
冷冷地，
凝视着大地万物。
它就像，
冷面杀手
凄厉而悲情。

2019 年夏至

挽　秋

冬二天，天始寒。
蒙蒙雨，落夜半。
叶翠绿，果红艳。
柳枝青，舞翩翩。

晨练皆驻足，
眉宇展笑颜。
红果绿叶间，
枝头冰莹闪。
雁阵虽远去，
秋韵挽寒山。
拍下影一张，
美景留纪念。
人来人往游人醉，
塞北青城似江南。

初冬的雨，
驱寒送暖。

2019 年 11 月 10 日

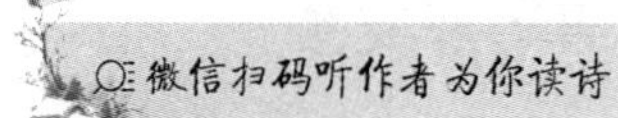

☆诗歌朗诵视频
☆诗歌朗诵音频
☆电　子　书
☆摄影作品欣赏

冬日里

冬日里
我多么想
做一片
晶莹剔透的
雪花
漫天飞舞
抚慰大地
与世无争

冬日里
我多么愿
做一个
潜心笃志
读者
畅游书海

充实内心
尽情写作

冬日里
我多么想
做一次
勇闯天涯的
行者
一览众山
感念天地
踏雪远征

冬日里
我多么愿
做一个
轻歌漫步的
舞者
怡然自得
淡泊明志
宁静致远

窗外雪花

纷飞如蝶
思绪亦始
纷至沓来
合拢书本
墨香依存
饮茶一盏
以抒情怀

2019 年 11 月 23 日

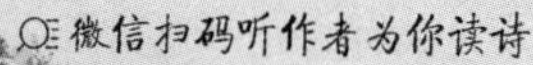

☆诗歌朗诵视频
☆诗歌朗诵音频
☆电　子　书
☆摄影作品欣赏

春夏之约

告别美丽的春天，
拥抱火热的夏日。
与春挥手明年相约，
与夏相守今年共度。
春意浓浓阑珊之处，
夏日款款扑面而来。

2020 年 5 月 5 日

芍药花开胜牡丹

一年最美是春天，春天最美四月天。
春日万物换新装，人生追梦勇向前。

柳絮飘飘芳草绿，轻风阵阵吹满面。
丽影迷疏游人醉，芍药花开胜牡丹。

2020 年 5 月 22 日

雏燕

——忆儿时老宅屋檐燕

紫燕堂前低掠过，池边衔泥老巢扩。
不日叽叽语不休，红眼黄嘴探悬窝。

是时窝边排队列，剪尾紫羽渐丰多。
头转飞旋识旧主，来年春天拜房客。

2020 年 6 月 1 日

花公鸡

红黄冠坠花公鸡，五更引颈向天啼。
目送嫦娥皓月隐，唤醒人们迎晨曦。

仰首阔步显威风，红眼黄腿金羽翼。
频频回应高声唱，袅袅炊烟浮天际。

2020 年 6 月 7 日

四季好

蝶飞蜂舞春光好，
草青花艳骄阳照。
秋月何愁不曾挂？
寒风猎猎雪飘飘。

2020 年夏至

春风与秋叶

春风柳绿春风暖，秋风落叶秋风寒。
人生苦短春秋在，春风化作秋风卷。

来年我再唤醒你，春风秋叶共枕眠。
梦醒时分叹人生，春花秋月是何年？

2020 年 10 月 16 日

狂 沙

大风突起叶飞扬，
尘沙狂卷天地黄。
秋景未尽似冬至，
植树固沙筑“城墙”。

2020 年 10 月 18 日

四季如歌

当——
和煦的春风，
挽着，
春天的臂膀，
轻抚大地时。
我——
便毫无顾忌地，
拥入了你的怀抱……
我寄你，
满眼期待；
你报我，
春色满园。
你给小草，
和风细雨；
小草予你，

绿茵如毯。
绿叶回馈，
你的温暖。
百花回赠，
你的付出。
花草，
绿叶，
还有我，
都依依不舍地，
目送你，
远去的身影……

当——
一只手，
还在牵着你，
尽享鲜花绿茵时，
另一只手，
已被夏日的骄阳扯入了，
烈日之下……
春始萌，
夏繁荣。
雷雨频，

万物长。
树影斑斑，
行人匆匆。
你，
滋养了万物，
壮丽了山河。
洗涤了天空，
催熟了麦穗。
让整个世界，
变得灿烂无比，
且热血沸腾……

一缕清风，
徐徐袭来。
白云朵朵，
变幻飘飘。
秋风接我，
尽享凉爽。
丰收让人，
心花怒放。
高粱，
为你羞红了脸，

谷子，
被你逗得笑弯了腰。
草原的牛羊，
膘肥体又壮。
套马杆扬，
骏马飞奔，
浑身油光。
蒙古包里，
奶茶、手把肉的醇香，
伴着舞，
和着歌，
飘向远方……

疾风知劲草，
晚秋草先黄。
飘零的雪花，
在轻轻地告诉我，
冬天，
又如期而至了……
大地万物，
沉睡蛰伏。
山风吹过，

高山低语，
松声如涛。
湖光波平，
巨龙黄河，
隐身滔滔……

生活的年轮，
四季的脚步。

奏响了人生的，
酸、甜、苦、辣，
喜、怒、哀、乐，
如梦、
如幻、
如痴、
如醉，
的歌。

2020年11月7日

冬 雨

冬雨细绵绵，落叶舞翩翩。
时令迷人趣，晃若深秋天。

入冬不像冬，已无南归雁。
故乡雪纷飞，我等望雨帘。

2020 年 11 月 18 日

幻 影

晨练驻足小河边，湖水层叠波光闪。
若无寒风吹脸颊，疑似春光在眼前。

俯视河中鱼儿游，抬头一树柳翩翩。
不是春光倒春影，迎春姑娘送温暖。

2020 年 11 月 22 日

春雨初始

春雨夜半洗硝尘，
晨起问安思友人。
杨柳依依吐新绿，
祈盼燕来花迎春。

2021 年 3 月 12 日

隐

寒雪伴梅消融殆，暖风牵柳迎春来。
龙首一抬腾飞舞，摆尾掀起沙尘埃。

天地混沌风怒吼，山隐楼藏黄昏台。
且问春风哪里去？沙尘背后笑颜开。

2021 年 3 月 15 日

心　海

——写给难忘的 1988 年夏日军营里的思念

茫茫人海心做船，
丝丝牵挂情为帆。
身心沐浴彩虹雨，
婀娜身姿在云端。

2021 年 5 月 6 日

游园昔梦

——游青城公园有感

昔日花香月正圆，今朝难寻丽影现。
物是人非着惆怅，故地重游把手牵。

小桥流水入西湖，荷叶托露蝶飞翩。
朝朝暮暮话甘苦，生生世世续情缘。

2021 年 7 月

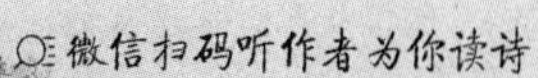

☆诗歌朗诵视频
☆诗歌朗诵音频
☆电　子　书
☆摄影作品欣赏

胡杨赞

——站着等你三千年

塞外绿洲绕氤氲，历经风霜根须深。
星辰皓月冷相伴，赤日烈焰热浪吻。

虬枝盘曲守孤寂，笑傲沙海镀金身。
生死化作千年赞，贯枫杨柳胡杨神。

2021 年 7 月 7 日

花　语

一

这是一朵什么花？含苞待放露敷颊。
红黄粉白属你妖，谁人相知肯作答。

咫尺湖中鱼尽欢，荷花绽放羞答答。
我自一隅孤芳傲，只待知己把我夸。

2021 年 7 月 14 日

二

晨曦含苞把笑藏，烈日炎炎初绽放。
推你入群寻知己，清风阵阵点赞忙。

夜灯之下入园醉，游人散步精神爽。
不知你能笑几许，何故炫耀紫衣裳？

2021 年 7 月 14 日

入 梦

曾记得，
初次映入我的眼帘，
走近你，
拥入你的怀抱时，
已是白雪皑皑的隆冬。
今天，
我走向你的深处，
已是晚秋时节。
眼前的大草原，
虽辽阔无比，
却已是，
一片枯草金黄，
低洼之处的草根，
仍泛着墨绿。
偶有小野花儿，

伏于地表，
隐于草丛，
不屈不挠地，
笑迎秋霜。

蓝天之下，
雄鹰展翅，
百灵隐唱，
鸿雁成行。
朵朵白云，
悠悠荡荡，
映衬着，
目及之内，
悠然自得的，
牛、马、羊。
洁白的毡包，
炊烟袅袅，
嘹亮的牧歌，
在天边回荡。

一位老兵，
带着对老军营的，

依依不舍和眷恋，
牵我入，
新的兵营，
新的梦境。
一个“新兵”，
已然没有了五年前，
刚刚参军入伍时的，
豪迈与激情。
一位老兵，
又成了一个“新兵”，
从此，
开启了令我，
如梦如幻，
如痴如醉，
更加斗志昂扬的，
军旅新程。

那年，那月，
那花，那草。
那雷，那雨，
那雪，那风。
还有那，

边境线上，
巍峨的界碑，
巡逻官兵，
刚毅的身影。
新公社、
沙麦公社、
乌里雅斯太、
白音图嘎……
这一串串熟悉的地名，
让我魂牵梦绕，
久久难忘。
斯琴、
格日乐、
巴雅尔、
宝力道……
这一个个熟悉的名字，
令我思绪万千，
记忆绵长。
艰苦环境下的成长，
恶劣气候中的戍边，
军与民，
一条心，

民与兵，
一家亲。
卧雪爬冰时的帮忙，
迷失方向时的指引，
狂风暴雪时的援手，
饥寒交迫时的茶香。
这情分，
这友情，
比天高，
似海深。
融入其中，
亲身感受和体验，
这——
军民鱼水情，
共同守边护边的，
责任与担当。

渐行渐远的军营，
留我一梦的草原，
时时出现在，
我的梦境里。
带着它，

我又步入新军营，
踏上了新的征程。

更加难忘的，
是这，
白音图嘎、
乌里雅斯太、
和这，
国境线上的，
从军行，
情难忘，
歌嘹亮，
军旗扬。

2021 年 8 月 17 日

伤　秋

山风瑟瑟草枯黄，落叶飘飘秋风凉。
月寒枝冷花尽落，谁人相安慰秋伤？

一场秋雨寒意重，层林尽染草上霜。
山泉水瘦晚风起，只盼来年好春光。

2021 年 10 月 23 日

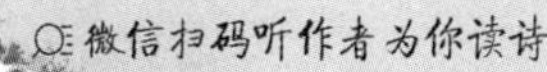

芦花伤

湖波粼粼，蒹葭苍苍。
水天萧瑟，白露为霜。
微风乍起，花絮纷扬。
孤雁哀鸣，寻觅成帮。
人生如梦，月伴秋凉。
所谓伊人，在水何方？

2021 年 10 月 30 日

彩色的雪

你蹲雪里紫衣穿，他在雪中黄叶翻。
我挂雪中红满枝，她伏雪里绿耀眼。
秋深萧瑟尾巴天，风雪之中奇景观。
雪里紫的真顽强，雪里红的多灿烂。
雪里黄的情惆怅，雪里绿的遐无限。
雪里玩得开心笑，雪里飘逸柳翩翩。
子夜过后立冬至，雪花飘飘寒夜漫。
许与佳人吟诗句，祈盼春暖花儿艳。

2021 年 11 月 6 日

小　雪

时光如梭谈笑间，流年似水不复返。
雪花飘飘洁如玉，自在翩翩拥炊烟。

咬定青山情不老，为你白头隐真颜。
初心如雪漫天舞，静候寒去迎春暖。

2021 年 11 月 22 日

问 春

柳条轻轻触堤坡，
鸭掌缓缓泛清波。
你若问我春几许？
看鸭望柳便知可。

晨　雨

东边日出西边雨，
北山戴帽南山罩。
天边雷声大地抖，
院里果香肆意飘。

☆诗歌朗诵视频
☆诗歌朗诵音频
☆电　子　书
☆摄影作品欣赏

寻　春

春日寻你不见你，
北山平顶戴白云。
村头望你望不见，
谁家院里枝满春？

春之蕴

一念春回雪融冰，二念春风小草青。
三念春雷万物苏，四念春雨又清明。

春赏百花秋望月，夏有骄阳冬雪迎。
四季如歌春伊始，人间处处皆美景。

2022 年 2 月 19 日

塞北的雪

数九寒天中的你，
粒粒饱满，
颗颗紧密。
总是带着沙沙的声响，
拥着猎猎寒风，
呼啦啦地，
滚打在人们的衣帽上。

此时的你，
意志如铁，
坚定并任性。
若有风儿帮你，
打在脸颊上，
麻木且微疼。
踏过之后，

留痕印证。
车轮过后，
碾压成冰。

这就是塞北的你，
披盛装于大地，
藏万物于怀中。

阳春三月时的你，
朵朵晶莹，
片片飞舞。
总是和着暖暖的春风，
伴着声声鸟鸣，
静悄悄地，
飘落在人们的发肩上。

此刻的你，
缠绵不休，
浪漫并迷人。
若有风儿助你，
落在眼睑上，
温柔且清爽。

走过之后，
鞋裤湿冷。
车轮过后，
化水无形。

这仍是塞北的你，
弄舞姿于天空，
润万物于无声。

2022年3月18日

☆诗歌朗诵视频
☆诗歌朗诵音频
☆电　子　书
☆摄影作品欣赏

醉 春

春风邀柳舞醉春，
唤醒湖中冰无痕。
鸭掌泛波枝头鹊，
一夜春雨花挤邻。

2022 年春

争 春

年年此时桃柳新，
朵朵桃花映佳人。
红白柳绿争春意，
不负山桃问柳根。

2022 年春

咏　春

春风不语驱冬寒，
花开无声蝶翩翩。
谷雨牵手夏意浓，
无须咏春盼来年。

2022 年 4 月 20 日

秋之伤

岁岁秋风起，年年不同样。
朝朝寒意重，夜夜露渐凉。

冷风至一候，白露二候降，
寒蝉鸣三候，落叶知秋伤。

2022 年 8 月 7 日

何　年

花开花落恨春短，风轻风柔忆春眠。
雨落雨停艳阳照，雷轻雷吼震天边。

云起云散愁落叶，月缺月圆照人间。
雪飘雪洒北风起，今月今宵是何年？

2022 年 6 月 16 日

端午即事

战国春秋月，陈冤诉楚王，
谁知屈原情，致死书悲壮。

为有报国志，义投汨罗江。
此等爱国心，千年颂赞扬。

端午粽香飘，祈福祝安康。
后人为纪念，采艾龙鼓响。

为国愤赴死，新知万里伤。
诗政于一身，民族之脊梁。

千年求一梦，梦回欲断肠。
豪情冲霄汉，壮志凌云上。

俯瞰江城郭，神州彩旗扬。
尔等笑苍宇，百姓皆小康。

五纵贯南北，七横东西长。
高铁架彩虹，天地环球网。

夙愿照丹心，爱国谱华章。
后辈接奋进，中华耀东方。

2022 年 6 月 3 日

问苍天

青山脚下虎眺岩，山风萧萧冷暖间。
五月芍药花盛开，七彩斑斓胜牡丹。
姊妹三人扶老母，鲐背之年登顶攀。
忆想当年兄长至，时光如梭廿五年。
如今青山依旧在，山高水长人不还。
白云悠悠随风去，人生得意须尽欢。
踏遍脚下青山路，雄鹰展翅翱云端。
奋有当年豪情志，笑谈人生问苍天。

2022 年 6 月 6 日

望　月

古今明月照，
今夕是何年？
望月两相守，
情满在人间。

2022 年 9 月 10 日

情深意切

花晓季，叶知秋，
叶舞身姿，
花弄影，
春风柔。
花丛里，叶枝间，
注满生机，
醉了谁，
酝隽秀。
逐水赏花，
这边美，
只可惜，
光阴似水流。
……
群舞袖，
流连左右，

孤芳自赏，
低首私语，
难以再回头。
问根何所依？
明年枝头再聚首。

意蕴真，情如酒，
情缘了叙，
意无形，
秋雨愁。
意境里，情志间，
写满大爱，
圆梦谁，
伴奋斗。
追星望月，
这边好，
只可叹，
岁月如神偷。
……
众睛收，
顾盼前后，
特立独行，

言情意语，
不堪再回眸。
问君何所期？
来年桥头再握手。

微信扫码听作者为你读诗

☆诗歌朗诵视频
☆诗歌朗诵音频
☆电子书
☆摄影作品欣赏

秋 韵

叶知秋而飘落，人知己而诉说。
天地人间周复，何愁岁月如梭。

枫遇霜而尽染，行于足下海阔。
一芽历经风雨，怎可负心春我。

2022 年 9 月 20 日

问

春天赏花蝶弄人，秋霜冷月叶问根。
夏日煮茶蝉鸣远，冬迎漫天雪飞纷。

诗书一隅夜来香，新词赋闲晨窗内。
岁月如歌谱新曲，人生无悔留迹痕。

2022 年 9 月 22 日

秋之恋

霜褪尽，寒风起，
枫叶落枝稀。
琴瑟潇潇寒云急，
秋天已远去。

雪花飞，道别离，
片片寄情义。
祈盼春风暖大地，
雁归捎讯息。

2022 年初冬

劝　学

词霸诗豪古圣贤，唐诗宋词诗百篇。
文人墨客写春秋，传承经典千百年。
诗有大雅和小雅，不可沽名学霸先。
古今名句诗如海，畅游舒尽莫等闲。
你若有雅也有兴，一同共勉话诗仙。
怎可言语忌他书，不求精进苦无边。
琴棋书画博众彩，诗词歌赋吟无眠。
劝君多读圣贤书，无尽喜来无尽欢。

2021 年 8 月 30 日

孤　赏

雪压枝头梅独尊，
桃红柳绿又一春。
咬定青山人未老，
为你容颜写昆仑。

2022 年 1 月 3 日

无 为

山泉汩汩本无意，
白云匆匆也无心。
人生如若流云水，
除非遍界春无尘。

回乡感悟

当一个人，
融入此圈，
就会幸福，
就会快乐。
即，
学会付出，
才会感恩；
学会感恩，
才会放下；
学会放下，
才会知足；
学会知足，
才会付出。

当一个人，

踏入此圈，
就会烦恼，
就会痛苦。
即，
不肯付出，
不知感恩；
不知感恩，
不愿放下；
不愿放下，
不会知足；
不会知足；
不肯付出。

天，
还是那片蓝天。
云，
已不是那朵云儿了；
地，
还是那片土地。
人，
已不是那时的人了；
山，

还是过去的山。
沟，
已不是那时的沟了；
村，
还是那时的村。
家，
已不是那时的家了。
我，
已不是儿时的我了。
你，
也不是儿时的你了。
年少的我们，
变成了谁？
现在的我们，
都成了谁？

端起家乡的水，
没有喝酒，
我醉了；
捧起故乡的土，
没有言语，
我哭了。

是谁让我，
如痴如醉？
是家乡的人。
是谁让我，
魂牵梦绕？
是故乡的云。

要想超越你，
必先赶上你；
要想赶上你，
必先学习你。

没有趴下，
就是汉子；
没有倒下，
就是丰碑。

你是风儿，
我是云，
青山不老思故人；
你是云儿，

我是雪，
拥吻故土念你恩。

真正的美丽，
是心灵，
而不是容颜；
真正的善美，
是心灵，
和美丽容颜。

错误不在自己犯错。
而在自己知错不改。

最遥远，
不是回家的路，
而是，
心与心的距离；
最真诚，
不是山珍海味，
而是，
人与人的情义。

收拾好了行囊，
踏上回家的路，
满怀期待；
关上老宅大门，
踏上回程的路，
满眼等待。

2022 年 2 月

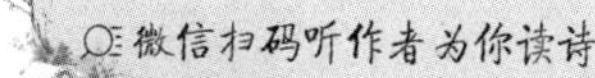

☆诗歌朗诵视频
☆诗歌朗诵音频
☆电　子　书
☆摄影作品欣赏

归来去兮

来也匆匆去匆匆，
来去匆匆事竟同。
无须再问浮云事，
只当浮云在梦中。

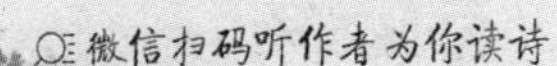

☆诗歌朗诵视频
☆诗歌朗诵音频
☆电　子　书
☆摄影作品欣赏

明义悟道

政通顺民意，仁也。
生死且与共，义也。

正直不贪腐，廉也。
整齐而纯净，洁也。

害臊难为情，羞也。
羞愧之事行，耻也。

怡色并柔声，孝也。
兄长怜爱弟，悌也。

临患不忘国，忠也。
图国强忘死，贞也。

言出行必果，诚也。
思难不越官，信也。

言尊并守仪，礼也。
庄重而知礼，仪也。

家和万事顺，兴也。
国弱民遭难，衰也。

生之造于形，成也。
事不成而毁，败也。

平易近人身，亲也。
令不达于下，疏也。

避害离小人，远也。
趋利而避危，近也。

真情付于众，爱也。
家国恩怨仇，恨也。

感同身受识，情也。

疾恶与愤慨，仇也。

心怀慈悲心，善也。
心存劣根性，恶也。

虚心并恭让，谦也。
自高且妄大，傲也。

恭贺与庆祝，喜也。
生气且气愤，怒也。

伤心和怜悯，悲也。
兴奋并快乐，欢也。

愁闷而抑郁，忧也。
悲切或有损，伤也。

难过与痛楚，苦也。
高兴和欢快，乐也。

害怕与恐惧，惊也。
畏惧和惊慌，恐也。

悼念忧悲伤，哀也。
忧虑和无奈，愁也。

希望与初始，生也。
不顾或结束，死也。

旺盛并行动，兴也。
逃灭死失散，亡也。

夜暗与狠毒，黑也。
明亮清纯洁，白也。

离别并散裂，分也。
安定且团结，和也。

后　记

作为诗词爱好者和创作者，本着对生活的热爱，对故乡的眷恋，对军旅生涯的回望和对人生的积极探索，我一直想以诗歌这种优美典雅的形式，歌颂和赞美我们如今美好的生活以及对过往美好的追忆。

随着社会的不断进步，物质生活的改善和提高，人们的精神文化生活更加丰富多彩。诗歌是我们几千年辉煌灿烂的文明中的语言精华。从小就喜好诗词的我，从没放弃对她的学习和追求，虽断断续续地写作，但一直保持一颗火热的创作之心。

伤感和朴素的文字，热情与激昂的赞美，忧愁与欢喜的表露，思念与怀旧的感悟，深切地表达着我内心的情感。

很长一段时间，由于工作繁忙和家庭琐事，甚至有些稿件损毁丢失，使我曾一度放弃写作，但诗火一直未灭的我还是要用诗歌和时间记录下我的心路历程，依然坚持策马扬鞭，不负韶华，写就诗词人生。

诗歌创作，永远不会绕开伤感、悲怀、歌颂、赞美、乡情、乡愁、浪漫、激情的写作共性。诗人的内心是孤独的、寂寞的，只有在字里行间、在读者面前才能打开心扉、畅爽直白。她的音调时而低吟，时而高亢，以现代诗特有的形式与读者共鸣。没有华美的语句，没有绮丽的文字，没有故弄玄虚的矫揉造作，总是以一颗坦诚的心去面对生活，并一路反观自己的内心世界，进行自我反思。我的诗句不可避免地夹杂着个人知识的匮乏和深深的失落感。面对读者，面对自己的内心世界，把我心中的激情和郁闷一并抒发出来，把最积极、最阳光、最温柔、最坚毅的一面展现在读者面前，使读者从中有所启发，甚至奢求能产生小小的共鸣。

在我上学和从军期间，最钟情于诗词歌赋及言情小说。然而，我的写作又有别于此，诗情画意中带着优美，英姿飒爽中带着柔情，风霜雨雪中带着顽强，悲愤交加中带着坚毅。诗词已是我生活的一部分，也成了我生命的一部分。

这部诗集承载了我人生中太多的酸甜苦辣、喜怒哀乐、悲欢离合。虽然诗词无法像良药治愈身体的病痛，但能医治心灵的创伤，能激发人的斗志，能让人在困境中看到希望，在黑暗中望见曙光。就在这诗海迷茫之中，在历时一年多的整理、修改后，我的处女作《诗在远方》得以出版。

出版社编辑部力推并探索融合出版，将诗词和现代纸书融合在一起。制作这样一部融合出版图书，我是一个外行，为了制作图书配套视频，爱人为我购买了手机摄影短视频和视频剪辑等方面的图书，我还多次向相关人员学习请教。现在，这部诗集将以这样的形式和读者见面，得益于朋友们的大力支持，希望广大读者和诗词爱好者喜欢本书并提出宝贵意见。

诗言情，诗言志。以诗会友，以诗抒情。唯愿如此。